»Kurz nach der Jahrhundertwende erschien im Wiener Verlag Gerlach und Wiedling die Nacherzählung des Nibelungenliedes von Franz Keim, eine Nacherzählung gemäß den Idealen der Zeit, vorgelegt in der denkbar erlesensten und kostbarsten Ausstattung: das Bändchen, an dessen bibliophiler Qualität die Geltung sichtbar wird, die die bürgerliche Nibelungen-Rezeption im 19. und frühen 20. Jahrhundert besaß, wurde von einem der hervorragendsten Vertreter des Wiener Jugendstils, von Carl Otto Czeschka (1878–1960), illustriert.« Helmut Brackert
»Die Nibelungen« haben seit ihrer Wiederentdeckung im Jahre 1755 eine wechselvolle Rezeptionsgeschichte erfahren. Je nach den historischen Gegebenheiten können die Bearbeitungen dieses Epos Aufschluß geben über das Verhältnis der Deutschen zu ihrer eigenen Tradition und Geschichte. Zwei typische Bearbeitungsmodelle stellt dieser Band vor.
Prof. Helmut Brackert steckt in seinem Vor- und Nachwort den Rahmen ab, in dem sich die Geschichte des Werkes bewegt. »Das Klassische nenne ich das Gesunde, und das Romantische das Kranke. Und da sind die Nibelungen klassisch wie der Homer...« Goethe

insel taschenbuch 14

Die Nibelungen

Die Nibelungen

In der Wiedergabe von Franz Keim
Mit Illustrationen
von Carl Otto Czeschka
Mit einem Vor- und Nachwort
von Helmut Brackert
Im Anhang die Nacherzählung
›Die Nibelungen‹
von Gretel und Wolfgang Hecht
Insel Verlag

insel taschenbuch 14
Erste Auflage 1972
Insel Verlag Frankfurt am Main

Vertrieb durch den Suhrkamp Taschenbuch Verlag
Umschlag nach Entwürfen von Willy Fleckhaus
Druck: Nomos Verlagsgesellschaft, Baden-Baden
Printed in Germany

5 6 7 8 9 10 – 89 88 87 86 85 84

INHALT

Kurz nach der Jahrhundertwende erschien im Wiener Verlag Gerlach und Wiedling die Nacherzählung des Nibelungenliedes von Franz Keim, eine Nacherzählung gemäß den Idealen der Zeit, vorgelegt in der denkbar erlesensten und kostbarsten Ausstattung: das Bändchen, an dessen bibliophiler Qualität die Geltung sichtbar wird, die die bürgerliche Nibelungen-Rezeption im 19. und frühen 20. Jahrhundert besaß, wurde von einem der hervorragendsten Vertreter des Wiener Jugendstils, von Carl Otto Czeschka (1878–1960), illustriert, wobei ›illustriert‹ hier weit mehr meint als die bloße Addition einiger Bilder zu einem vorgegebenen Text: Vom Titelblatt und seinen Ornamenten über die Vorsatzblätter, die kleineren quadratischen Vignetten und die Großillustrationen, die eine ganze Doppelseite einnehmen, bis hin zu den Zierleisten, von denen die Seiten eingefaßt sind, ja bis zur typographischen Gestaltung – Czeschka wählte eine der schönsten Schriften des Jugendstils, die sogenannte Eckmann-Schrift in ihrer ersten Fassung – ist jedes Detail auf das andere abgestimmt und alles bis ins letzte durchkomponiert.
1908, als er den Buchschmuck für die »Nibelungen« entwarf, war Czeschka kein Unbekannter mehr. Seit 1900 Mitglied der Sezession, seit 1902 Lehrer an der Kunstgewerbeschule in Wien und seit 1904 Mitarbeiter der Wiener Werkstätten, gehörte er zu den maßgebenden Repräsentanten jener Richtung des Jugendstils, in der nicht die langgedehnte schwingende Bewegung, das wellenförmige Ornament dominiert, sondern die strengeren, gradlinigen, rechteckigen, geometrischen Formen. Wie andere Vertreter der Wiener Werkstätten, aber vielleicht noch konsequenter als sie, suchte auch er von Anfang an den Kontakt mit der Wirklichkeit handwerklicher und technischer Produktion, bevorzugte er zweckgebundene Arbeiten: Entwürfe zu Glasfenstern und Plakaten, Tapisserien und Schmuck, Möbeln und Geschirr, und in

der Konsequenz dieses Interesses wendete er sich schon früh der Buchkunst, der Illustration und typographischen Gestaltung von Büchern zu. Seit einem ersten Kontakt im Jahre 1899 stand er in Verbindung mit dem Verlag Gerlach und Wiedling.

Czeschka wird den Auftrag, die Nibelungen zu illustrieren, nicht ungern übernommen haben. So schreibt mir seine Witwe, Elfrieda Czeschka-Konietzko: »Aus seinen Erzählungen und Aufzeichnungen weiß ich, daß er schon als Knabe, vor seiner Studienzeit, von Wiener Museen die Erlaubnis bekam, dort zu zeichnen. Aus seinen alten Skizzenbüchern geht hervor, daß seine damalige Begeisterung mittelalterlichen Städten, Burgen, alten Schiffsdarstellungen, Kriegern, Rüstungen, Kriegswerkzeugen, Wappen und Pferden galt«.

Die Illustrationen legen für dieses allgemeine Interesse am Mittelalter ein deutliches Zeugnis ab. Denn es sind keineswegs nur die großen Auftritte und Schaubilder des Werkes, die den Künstler inspirierten (Kriemhilds Falkentraum, der Frauenstreit, die Heimbringung des toten Siegfried, die Schildwache Hagens und Volkers), sondern immer auch solche Szenen, die ihm erlaubten, mittelalterliche Lebenswelt, wie er sie im Detail studiert hatte, in die eigene Formenwelt zu übersetzen: Ritter zu Pferd mit farbigen Lanzen und Standarten, die Fallbrücke einer Burg, ein Boot mit gewaltigem Segel, und immer wieder Kampfszenen, Rüstungen, Waffen, Gewänder. Mit wenigen, dafür aber um so intensiveren und kostbareren Farben – schwarz, blau, weiß, gold, gelegentlich ein Ziegelrot – ist dies alles, vor einem zumeist einheitlichen Bildgrund, in ein raffiniert kontrapunktiertes Zusammenspiel von kleinteilig durchornamentierten Formen gebracht. Dabei wird auf die Illusion, auf der Fläche größere räumliche Tiefe zu erreichen, bewußt verzichtet. Selbst den Figuren ist alles Plastische genommen, sie erscheinen statisch, wie fixiert. Alle Emotion, alle Erregungszustände sind aufs äußerste zurückgenommen, ins Ornament gebannt. Beim Frauenstreit etwa verharren die Gestalten, in der Kostbarkeit ihrer Gewänder und der Gemessenheit ihrer Gesten, wie entrückt, als posierten sie zu einem Geschehen, das sie eigentlich nichts angeht. Am ehesten mag noch bei Brunhild oder, auf dem Falkentraum-Bild, bei Kriemhild ein Moment innerer Erregung sichtbar werden, doch gewinnt es nicht mehr Gewicht als andere schön gezeichnete Details des flächenhaften Ornaments. Sicherlich trifft Czeschka mit dieser Stilisierungstendenz, mit der stark objektivierenden Darstellung und der erlesenen Farb- und Formgebung, eine wesentliche Seite des alten Gedichtes, das um 1200 im höfischen Sinne stilisiert worden war und dem eine individualisierende Psychologisierung der Gestalten seit jeher fremd war. Aber anders als das Nibelungenlied, das mit einer grauenvollen Selbstzerstörung endet und die schönen Formen höfisch-feudaler Selbstdarstellung in ihrer Brüchigkeit zeigt, behalten die Bilder Czeschkas bis zuletzt ihre reine, elitäre Noblesse. Wo im Nibelungenlied die Helden von einem mörderischen Kampf gezeichnet, wo sie halb tot vor Hunger und Erschöpfung, wo ihre Rüstungen zerschlagen, sie selbst verwundet sind, wo sie in der Halle knöcheltief im Blut waten und der Brand über ihnen wütet, bewegen sich die Kämpfer Czeschkas, als gäbe es weder Wunden noch Blut, und als wäre es ihre besondere Aufgabe, schöne Waffen zur Schau zu stellen. Selbst die Körper und Rüstungen der Erschlagenen, die auf dem Boden der Halle liegen, liefern noch Formen zu dekorativen Mustern, und es ist sicherlich kein Zufall, daß auf keinem der Bilder der Glanz des Goldes so dominiert wie auf dem letzten.

Man hat die totale Ästhetisierung, die solcher Jugendstil erstrebt, wiederholt und sicherlich zu Recht mit der Ideologie des urbanen, gebildeten Großbürgertums in Verbindung gebracht, hat sogar von »romantischer Weltflucht« gesprochen. Und in der Tat: In der flächenhaft-ornamentalen Gestaltung, die keine Schatten, keine räumliche Tiefe zuläßt, erscheint alles Dunkle ausgelöscht, alles Gefährdende und Bedrohliche in die Abstraktheit des künstlerischen Arrangements gebannt, alles Destruktive im schönen Schein auf sichere Distanz gebracht. Doch gerade darin liegt auch ein Moment von Wahrheit: Nachdrücklicher als jene Illustrationen, die uns suggerieren möchten, in ihnen werde Wirklichkeit genau fixiert, wollen diese Bilder nicht mehr, aber auch nicht weniger sein als eben Illustrationen, Kunst-Werke, Abbildungen, die in ihrer eigenen Wirklichkeit leben.

H. B.

FAKSIMILE

DIE NIBELUNGEN DEM DEUTSCHEN VOLKE WIEDERERZÄHLT VON FRANZ KEIM

BILDER·UND
AUSSTATTUNG
VON
C·O·CZESCHKA

VERLAG
GERLACH
u. WIEDLING
WIEN·LEIPZIG

Aus unvordenklichen Zeiten ist uns ein altes, herrliches Lied erhalten, dessen Dichter leider auf keiner der vielen Pergamentabschriften, die sich nach jahrhundertelanger Vergessenheit zahlreich wiedergefunden haben, deutlich verzeichnet ist. Ein Schreiber Konrad, in Diensten des Bischofs Pilligrim von Passau, wird zwar flüchtig als ein Bearbeiter des großartigen Sagenstoffes genannt, wir müssen uns aber mit Vermutungen begnügen und haben auch keine Beweise dafür, daß die ursprüngliche, vielleicht längst verlorene Gestalt der kraftvollen Dichtung dem ritterlichen Sänger auf der einstigen Burg Kürenberg bei Linz an der Donau in Österreich zu verdanken sei, wie ein berühmter Forscher nachzuweisen versuchte. Freuen wir uns ohne Grübelei des erhaltenen Schatzes, einer so wahrhaft deutschen Dichtung, die immer und immer wieder von fahrenden Sängern erzählt, von gelehrten und ungelehrten Mönchen und Laien aufs neue aus alten Texten niedergeschrieben und in wenig veränderter Form und Sprache vom zwölften Jahrhundert bis ins sechzehnte poetisch übertragen, im achtzehnten wieder entdeckt, ins Reinhochdeutsche aus dem Mittelhochdeutschen übersetzt und so zu einem Lieblingsbuche nicht nur des Adels und der Klerisei, sondern des gesamten deutschen Volkes, vor allem zu einem Bildungsmittel unserer lieben Jugend geworden ist. Kein zweites Volk der Erde, außer den alten Griechen, hat ein gleich lebensvolles Spiegelbild seiner Zeit, seiner Denkungsart und seines Gemütslebens dichterisch erfunden und geschaffen.

DIE NIBELUNGEN

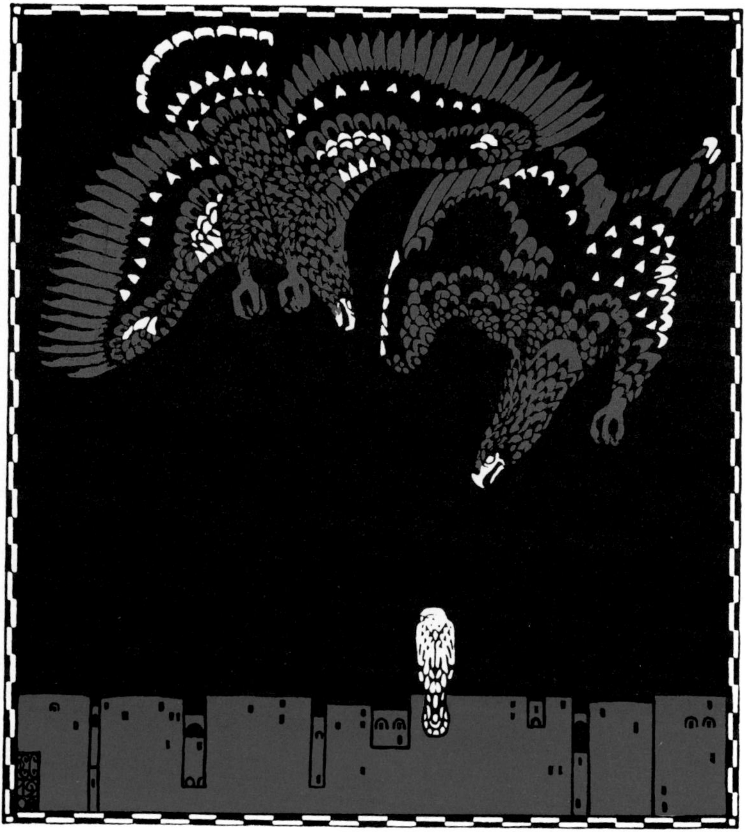

Eine wunderschöne Jungfrau, Kriemhild geheißen, das Töchterlein der verwitweten Königin Ute von Burgundenland, wuchs in der Königsburg zu Worms am Rhein zur Freude ihrer Mutter und zum Stolze des gesamten Ingesindes in magdlicher Zucht und hohen Ehren heran. Als sollte sie schon in tiefster Seele das künftige schwere Schicksal ihres Lebens ahnen, hatte sie einst in der Nacht einen bedeutungsvollen sinnbildlichen Traum. Ihr Lieblingsfalke wurde plötzlich vor ihren Augen von zwei Adlern mit den Krallen zerrissen. Die Mutter deutete ihr den Traum dahin aus, daß ihr künftiger, edler Lebensgenosse von einem frühzeitigen Tode dahingerafft werden solle. Da sagte die Jungfrau: »Niemals will ich die Braut eines Mannes, niemals das Weib eines Helden werden, damit nicht meine Freude mit Leide enden muß.«

Um dieselbe Zeit erwuchs dem König Siegmund und der Königin Sieglinde zu Xanten in Niederland ein herrlicher Sohn, Siegfried mit Namen, voll wunderbarer Stärke des Leibes, voll Mut und Hochsinn des Herzens. Dieser hatte von Kriemhildens Schönheit und von der Macht und dem Reichtum der Burgunden vernommen. Da erbat er sich Urlaub von seinen lieben Eltern und ritt in stattlicher Heldenrüstung mit seinen Mannen nach Worms, daselbst zu werben um die Gunst und die Hand der unvergleichlichen Königstochter.

Aber weder Kriemhildens Brüder, König Gunter, Gernot und Giselher, das Kind genannt, noch irgend einer der Recken von Worms erkannten, wer die fremden, prachtvoll gerüsteten Männer seien, die vor dem Königsbau zu Rosse erschienen. Nur Hagen Tronje, der jungen Könige Oheim, sagte nach langem Sinnen: »Ich sah zwar niemals Siegfrieden von Niederland, aber ich glaube, kein anderer in der Welt kann mit solcher Pracht und solchem Gefolge einherziehen. Ihr wißt, daß dieser junge Held das Geschlecht der Nibelungen besiegte. Schilburg und Nibelung hüteten unermeßliche Schätze an rotem Golde und blitzendem Edelgestein; diesen Hort besitzt nun Siegfried, samt Land und Leuten der Unterworfenen. Dem Zwerge Alberich nahm er die Tarnkappe ab, eine Hülle, die ihren Träger unsichtbar macht. Zuletzt erlegte er einen wilden Drachen, in dessen Blute er sich badete. Davon wurde seine Haut gehärtet, so daß sie für Pfeil, Schwert und Speer unverletzlich blieb. Daher nennt man ihn auch den hörnenen Siegfried. Laßt uns solch einen starken Recken nicht unfreundlich empfangen.« Diesem Rate gehorchten die Könige zu Worms. Siegfried wurde festlich empfangen und glänzende Waffenspiele, Festlichkeiten und Kurzweil erfreuten die Ankömmlinge durch ein volles Jahr. Kriemhild, die Siegfried noch mit keinem Blicke zu sehen bekam, schaute unbemerkt aus den Fenstern ihrer Kemenate (des Frauenhauses der Burg) in den Hof und erblickte den herrlichen Jüngling als Sieger bei allen Waffenspielen. Da erwachte eine tiefe Liebe in ihrem Herzen und sie vergaß alle bisher gepflogenen Mädchenspiele mit ihren Gefährtinnen. Siegfried aber zog freiwillig als Teilnehmer mit dem Heerzuge der Burgunden in manches

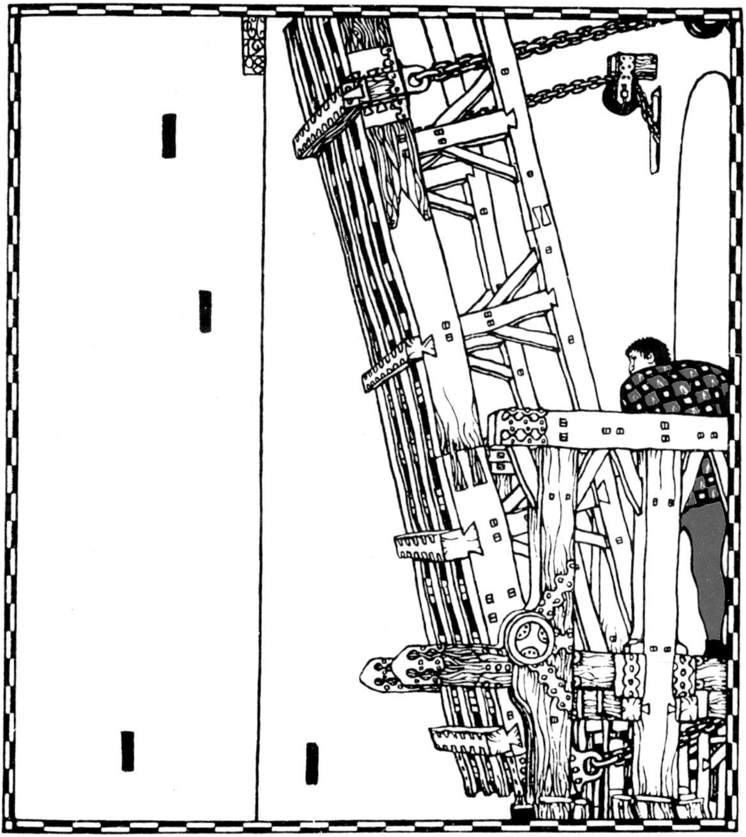

Feindesland und zeichnete sich durch Kraft und Heldenmut vor allen aus in Krieg und Sieg. Den Dänenkönig Liutgast nimmt er gefangen und sein Verbündeter, Liutger, König der Sachsen, ergibt sich freiwillig der Gewalt Siegfrieds. Der Bote des Sieges durfte auch vor Kriemhild hintreten. »Bringst du mir wahrhafte Kunde,« sagt die Herrliche zu ihm, »so gebe ich dir all mein Gold und will dir mein Leben lang hold sein.« »Edle Königin,« erwiderte er, »keiner ist herrlicher im Kampf und Sieg bestanden als unser Gast aus Niederland.« Freudig klopft ihr Herz, aber in strenger Sitte und Zucht bleibt sie auch jetzt noch in ihrer Kemenate verborgen, als schon die Siegestrompeten des heimkehrenden Heeres in Worms erklingen. So kommt das Pfingstfest herein. Zweiunddreißig Fürsten erscheinen in Worms, dem glänzenden Ritterspiele beizuwohnen. Da endlich durfte die Lieblichste mit einem Gefolge von hundert Jungfrauen und hundert wehrhaften Kämmerern an der Seite ihrer Mutter sich öffentlich zeigen; »wie das Morgenrot aus trüben Wolken geht«, sagt die alte Dichtung. Auf Gernots Wink heißt König Gunter Siegfrieden zu ihr herantreten. Mit Herzensfreude erblicken sich die beiden. Aber, wie vom gegenseitigen Zauber gebannt, sprechen sie noch kein Wort, bis nach der Messe, die den Festtag einleitet, die Jungfrau dem Helden Dank sagt für die treuen Dienste, die er ihren Brüdern hochherzig und freiwillig geleistet. »Es ist Euch zu Diensten geschehen«, sagt der edle Jüngling. Nun bleibt der Gast zwölf Tage in der Nähe der Holdseligen. Als nun die Fremden aus Niederland aufbrechen wollen, da läßt Siegfried sich durch den jungen Giselher bestimmen, noch länger in Worms zu verweilen, glückselig, der Auserwählten nicht schon jetzt entsagen zu müssen.

Nun lebte in damaliger Zeit auf Island in ihrer Väter Königsburg zu Isenstein eine jungfräuliche Königin von weltberühmter Schönheit und unbesiegbarer Kraft. Sie hieß Brunhild. Wer nach ihrer Minne begehrte, der mußte ihr den Preis abgewinnen in reckenhaften Kampfspielen. Unterlag er aber im Spiele, so verlor er sein Leben. Gunter, gereizt von dem Zauber dieses nie gesehenen Weibes, beschließt, um sie zu werben, und bittet Siegfried, ihn auf dieser Heerfahrt hilfreich zu begleiten. Siegfried willigt unter der Bedingung ein, daß ihm Gunter seine Schwester zum Weibe geben wolle. Gunter verspricht es, sobald Brunhild in Worms sein werde.

Nach geschworenen Eiden wird auf dem Rhein die Fahrt zu Schiff angetreten nach Isenland. Siegfried, der allein des weiten Seeweges und des fernen Landes kundig ist, führt das Steuer. Nach zwölftägiger Fahrt landen sie vor Isenstein. Märchenhaft und zugleich unheimlich ragt die Burg der Königin auf hohem Strande empor mit sechsundachtzig Türmen und drei weiten Palästen, nebst einem großen Herrensaal, gequadert aus grünem Marmor. Zu aller Erstaunen erkennt Königin Brunhild den Führer der Burgunden auf den ersten Blick und spricht ihn mit den Worten an: »Seid willkommen, Herr Siegfried, hier in meinem Lande! Was bedeutet Eure Fahrt?« Siegfried entgegnet: »Hier steht Herr Gunter, ein mächtiger König am Rhein, der nach deiner Minne begehrt. Er ist mein Herr, ich bin sein Mann. Um deinetwillen sind wir hieher gezogen.« So muß denn das Kampfspiel beginnen, dem sich Gunter bei aller angeborenen Tapferkeit nicht gewachsen weiß. Man bringt der Königin einen ungefügen Speer, mit Eisen beschlagen, den sie zu werfen pflegt. Man schleppt einen ungeheueren Felsblock herbei als Wurfstein, den sie zu schleudern pflegt. Zwölf Recken müssen ihn tragen. Es ist offenkundig, daß sie Übermannskraft und Zaubergewalt besitzt. Da erbietet sich Siegfried heimlich, seine Tarnkappe aus dem Schiff zu holen und, von ihr eingehüllt, unsichtbar am Kampfe teilzunehmen, Guntern helfend, so daß dieser nur die Gebärden, er aber die Widerkraft der Proben auf sich nimmt. Heimlich tritt er neben den Kampfbereiten und nimmt ihm den Schild aus der Hand. Jetzt schleudert das Mannweib den Speer, der den Schild durchdringt, daß die Funken wie in Feuerlohe stieben. Selbst Siegfried wankt, schleudert aber Gunters Speer so wuchtig gegen Brunhild, daß diese, zwar gedeckt von ihrem Schilde, zu Boden stürzt.

»Habe Dank für den Schuß, edler König«, ruft sie, zornig sich erhebend. Nun faßt sie den schweren Steinblock, hebt ihn hoch und schleudert ihn weit hin. Darauf, mit kühnem Anlauf, springt sie in gleicher Richtung weit über den Stein hinaus, daß ihre Eisenrüstung hell erklingt, wie es im Liede heißt. Der kühne Siegfried aber packt den ungefügen Stein, schleudert ihn mit noch größerer Kraft wider Brunhild und noch weit über diese hinweg. Gleichzeitig Guntern erfassend und tragend, springt er mit diesem noch weiter als das walkürenhafte Weib über das Ziel hinaus.

Da ruft die Besiegte den Ihren zu: »Mägde und Mannen, ihr alle seid jetzt dem König Gunter untertan.« Äußerlich schien jetzt der Widerstand der stolzen jungfräulichen Königin gebrochen. Man rüstete zum Aufbruche von Isenland und zur Heimkehr an den Rhein. Siegfried eilte voran in sein Nibelungenland, um Mannen, Waffen und den Goldschatz aufzubieten zu prunkhaftem Einzuge in Worms. Man betraut ihn, der Botschafter des glücklichen Heerzuges und der Herold der neuen nordischen Braut zu sein. Die Verlobung Gunters und Brunhilds, Siegfrieds und Kriemhilds wird nun in Worms gefeiert. Aber, wie die verlobten Paare einander bei der Tafel gegenübersitzen, da verdüstert sich der nordischen Braut weinendes Auge und Gunter, erschreckt von Sorge und schuldigem Gewissen über den Betrug an seiner Erwählten, fragte sie um die Ursache ihrer Tränen. Ausweichend und unwillig entgegnet sie: »Über deine Schwester weine ich, die du nicht einem freien Manne, wie es ihrer Abkunft geziemt, sondern einem Unfreien vermählst, der sich auf Isenstein selbst als dein Dienstmann vor mir bekannt hat. Warum entehrst du sie durch diese Erniedrigung?« Gunter suchte sie zu beruhigen: »Ich will dir zu anderer Zeit aufklären, weshalb ich meiner Schwester diesen Gatten bestimmte. Sie ist nicht erniedrigt, sie wird sich hohen Glückes mit ihm erfreuen.«

Aber durch diese ausweichende Rede war vollends Brunhilds Eifersucht auf die glückliche Kriemhild entfacht, die einen Helden gewonnen hatte, der, wenn auch ohne seinen Willen, Brunhilds Bewunderung und widerwillige Neigung erweckt hatte. Diese von niemandem geahnte Neigung glühte, wie eine Kohle unter der Asche, heimlich in ihrem Herzen fort. Als nun auch das Hochzeitsfest beider Schwägerpaare vorüber war und die Gäste sich zur nächtlichen Ruhe begaben, da erwachte in Brunhilde der

alte walkürenhafte Trotz und wurde zum Grimm gegen den Mann, von dem sie sich auf Isenstein besiegt hatte erklären müssen. In ihrer Kammer ringt sie plötzlich mit Gunter, der jetzt, ohne Siegfrieds Beistand ihrer Übermannskraft nicht gewachsen, von ihr mit dem Gürtel gefesselt und an einen Nagel auf der Wand aufgehängt wird. So verbringt er die Nacht. Andern Morgens vertraut er, tief beschämt und entehrt durch die Gewalt seines Weibes, seinem Schwager Siegfried das Abenteuer.

Dieser läßt sich herbei, ihm nochmals zu helfen. Unsichtbar durch die übergeworfene Tarnkappe, schleicht er sich hinter Gunter und Brunhild in ihre Kammer und bändigt die ahnungslose Brunhild im Dunkeln so grimmig, daß sie flehentlich Abbitte leistet. Im Gegengefühle seines Sieges über die Riesenkräftige steckt er ihren Gürtel und einen ihrer Ringe zu sich und verläßt ungehört das Gemach. Ring und Gürtel schenkt er seiner Gattin. Nun endlich zieht Siegfried mit Kriemhild, seinem angetrauten Weibe, in die Heimat nach Xanten zu seinen Eltern heim. Der glückliche König Siegmund tritt jetzt seinem Sohne das Reich und die Herrschaft in Niederland sowie im Nibelungenlande ab. Ein Knäblein wird dem jungen Königspaare geboren. So genießen alle durch volle zehn Jahre daheim ein ungetrübtes Glück und ungemischte Freuden.

Aber fern zu Worms am Rhein sitzt immer noch Brunhild in neidischen, grübelnden Gedanken und kann das Glück ihrer ahnungslosen Schwägerin und den Unmut über den Zwang einer Ehe mit einem nicht geliebten Manne nicht überwinden. Eines Tages spricht sie zu Gunter: »Warum leidest du es, daß deine

Schwester dich und mich so hochmütig behandelt? Durch zehn volle Jahre sind die beiden nicht ein einziges Mal an unseren Hof gekommen. Siegfried ist doch dazu verpflichtet als dein Vasall und Gefolgemann.« Gunter entgegnete ausweichend: »Wenn auch Siegfried mein Gefolgemann ist, sie wohnen beide in so weiter Ferne von uns, daß ich ihnen die lange Reise nicht zumuten mag.« Darauf antwortete sie listig: »Wie reich und mächtig, wie weit entfernt ein Gefolgemann auch immer sei, er muß, wenn sein Herr es will, einem Wink gehorchen. Ich sehne mich auch herzlich danach, deine schöne, deine anmutige Schwester wiederzusehen und den Zauber ihres Glückes mit Augen zu schauen, wie damals, als wir gemeinsam an der Hochzeitstafel saßen.« Daraufhin war des schwachen Gunter Widerstand besiegt. Er sandte Boten an Siegfried nach der Nibelungenburg zu Norwegen. Sie luden ihn und Kriemhilde zu einem fröhlichen Feste, das am Sonnwendtage zu Worms am Rhein mit nie gesehener Pracht gefeiert werden sollte. Nach reiflicher Beratung mit seinem Vater und seinen treuesten Recken beschließt Siegfried, der Einladung zu folgen. Mit Kriemhild, dem alten, inzwischen zum Witwer gewordenen Vater Siegmund und tausend wohlgewappneten Recken seiner Sippe vollzieht der edle Siegfried die Reise an den Rhein. Reiche Schätze sollen die Fahrt begleiten. Nur das Kindlein bleibt zurück. Es hat niemals Vater und Mutter wiedergesehen.

Stattlich war der Einzug der Gäste. Ungeheuer der Zudrang edler Ritterschaft von allen Richtungen des burgundischen Reiches. Geschmeide und Waffen glänzten. Aus allen Fenstern der Königsburg, ja selbst der Bürgershäuser von Worms blickten schöne

Mädchen, den Einzug der Nibelungen anzustaunen. Ritterspiele und Gastgelage, Gesang und Saitenspiel verherrlichten die glänzenden Festtage.

Wieder saßen, wie einstmal vor zehn Jahren, die beiden schönen Königinnen beieinander und es erwachte das Gedächtnis der vergangenen Zeit.

Kriemhilde, die Überglückliche, die Ahnungslose, sprach aus übervollem Herzen: »Ich habe einen Gatten, der wohl würdig wäre, der Herr und Gebieter all dieser Königreiche zu heißen.«

Mit finsteren Augen entgegnete Brunhild: »Wie könnte das geschehen? All diese Reiche gehören König Gunter und werden ihm allezeit untertan bleiben.« Kriemhilde, ganz in ihr Glück versunken, hat kein Auge und kein Ohr für die Gekränkte, die ihr gegenübersitzt, mit dem tödlichen Neid im Herzen. »Siehst du nicht, wie herrlich er dort vor allen Recken steht? Er gleicht dem lichten Monde, der alle Sterne überglänzt. Darum ist auch das Herz in meiner Brust so frohgemut.« Brunhild wirft ein, daß Gunter der Vorrang vor allen Königen gebühre. Kriemhild kann nicht finden, daß ihr Gemahl ihm irgendwie nicht gleichkomme. Da bemerkt Brunhild zornig: »Als dein Bruder um mich zu werben kam, da sagte mir dein Gemahl ins Gesicht, daß er deines Bruders Dienstmann sei. Dafür muß ich ihn allzeit erkennen.« Kriemhild, durch diese Rede verletzt, bittet, nicht in solcher Weise zu kränken. »Meine Mutter und meine Brüder haben mich keinem hörigen Manne vermählt.« Als Brunhild immer wieder in spitzen Worten widerspricht und zuletzt ihre eigene Hoheit gegenüber der Schwägerin betont, da ruft die beleidigte Kriemhild: »Wir werden heute noch sehen, wer von uns beiden beim

Kirchengang zur Messe im Dom den Vortritt erhalten wird, ich oder du!«

Nicht in traulicher Gemeinschaft, sondern abgesondert und von ihren Ehrenfrauen umgeben, schreiten die beiden Königinnen hin zum Dome. Brunhilde steht als die erste am Tor. Als Kriemhild erscheint, ruft sie ihr hochmutsvoll entgegen: »Eine hörige Magd darf nicht vor der Königin einhergehen. Darum steh still!« Da erwacht Kriemhilds stolzes Selbstbewußtsein und sie ruft: »Brunhild, du hättest besser geschwiegen. Nicht Gunter, mein Bruder, hat dich im Kampfspiel besiegt, sondern Siegfried. Nicht Gunter, dein Gatte, hat dich nach der Hochzeit gebändigt, sondern Siegfried, mein Gemahl. Du selbst bist also von einem Eigenmanne unterworfen worden, nicht ich. Aber nicht durch meine Schuld – fügt sie begütigend bei – ist dir diese Kränkung aus meinem Munde zuteil geworden, du hast meine Rede herausgefordert. Ja, es tut mir vom Herzen leid und ich bin gerne bereit, dir wieder eine treugesinnte Schwester zu werden.« Wie betäubt betritt Brunhilde den Dom. Nach der Messe aber tritt sie nochmals an dem Portale des Münsters an Kriemhild heran, diese möge ihre Anschuldigung durch Beweise bekräftigen, sonst müsse sie die Verleumdung entgelten. Da zeigt Kriemhild den Ring, und als Brunhild diesen für entwendet erklärt, auch den Gürtel, den sie von Siegfried erhalten.

Nun ist Brunhilde im tiefsten Herzen schmachvoll beleidigt. Und die Stimme ihres Herzens schreit um Rache. Diese Rache aber heißt: Siegfrieds Tod.

Der Zwist der Frauen gelangt zum Ohre der Männer. Der arglose Siegfried, der sich seiner heimlichen Hilfeleistung nie ge-

rühmt, nur das Geheimnis des Ringes und Gürtels seinem Weibe vertraut hat, unterschätzt die Tragweite des Zankes und rät Guntern, der Sache nicht weiter zu gedenken und die Ehefrauen zu strengem Schweigen zu verhalten.

Brunhild, im Übermaße ihres Schmerzes und der Wut über ihre offenkundig gewordene Schande, sitzt einsam im Gemache und weint. Da findet sie Hagen, dem sie ihren Jammer und ihre Rachegedanken mitteilt. Hagen stimmt ihr bei, daß der Beleidiger, der seiner Königin so schweres Leid und solchen Schimpf zugefügt, des Todes schuldig sei. Die drei Königsbrüder, Hagen und Ortwin von Metz treten zur Beratung zusammen. Nur Giselher erklärt, daß Siegfried um eines Weibes willen so schwere Rache nicht verdient habe. Gunter, in geteilter Empfindung und auch jetzt wie allezeit zu eigener Entschließung zu schwach, vergißt der schuldigen Dankbarkeit und beschließt, von Hagens Haß und Neid verführt, mit allen übrigen den Tod Siegfrieds.

Mit Gewalt und im offenen Kampfe war jedoch dem durch Körperkraft, Mut und Blutzauber des Drachen gefeiten Helden nicht beizukommen. So wurde denn vorerst ein falsches Gerücht eines notwendigen Kriegszuges ausgestreut, in der sicheren Hoffnung, daß sich der Ahnungslose von dem Heerzuge der Burgunden unmöglich ausschließen könne. Hagen Tronje aber, der Oheim der jungen Burgunderkönige, der vormals gewaltigste Recke von Worms, der sich durch Siegfrieds Ruhm und Glanz voll heimlichen Neides verdunkelt sah, ging jetzt zu seiner Nichte Kriemhild, scheinbar in vertraulicher Weise, und sagte mit falscher List: »Du weißt, daß wir alle in den Krieg ziehen müssen. Ich höre nun zwar, daß dein Gatte Siegfried durch eines Drachen Blut gehörnt und gegen Hieb und Stich geschirmt sei. Aber es geht die Kunde, daß er an einer einzigen Stelle sterblich sei. Ich bin ihm gut um deinetwillen und möchte ihn beschützen. Bezeichne mir die Stelle seines Leibes, damit ich ihn im Kampfgetümmel mit meinem Schilde decken kann. Wo ist er ungehörnt?«

Da freute sich Kriemhild der geheuchelten Liebe ihres Ohms und sprach: »Du bist mein Blutsverwandter, dem ich zu seinem Heile das Geheimnis verraten will. Du bürgst mir für sein Leben. Als er einst im Blute des Drachen sich badete, da fiel vom Lindenbaum ein Blatt herab und bedeckte eine kleine Stelle seines Leibes zwischen den Schulterblättern, so daß ihn das Blut des Lindwurms dort nicht benetzen und feien konnte. Dort ist mein lieber Siegfried sterblich.«

»So bitte ich dich,« sagte der ungetreue Mann, »bezeichne mir die Stelle, ohne daß er es merkt, nähe mir ein Kreuzlein auf sein Gewand.« So tat denn auch die Arglose in ihrer heimlichen Liebe und Sorge um den Geliebten. Als nun anderen Tages der Kriegszug beginnen sollte und Hagen neben Siegfried zu Rosse saß, erblickte er spähend das verabredete Zeichen von Kriemhilds Hand am Gewande des ahnungslosen Helden. Nun wird rasch unter dem Vorwande empfangener Genugtuung der Kriegszug abgesagt und als Ersatz ein fröhlicher Jagdzug in den Odenwald beschlossen, an dem alle die versammelten Heergesellen, Könige und Gefolgemannen teilnehmen sollten. Voll Lebenskraft und harmloser Fröhlichkeit nimmt Siegfried Abschied von seiner Gattin. Aber Kriemhilds Seele ist tief geängstigt durch einen nächtlichen Traum. Zwei Berge stürzten über ihren Helden zusammen und begruben ihn. Siegfried sucht ihre schweren Gedanken zu verscheuchen mit der Beteuerung, daß er niemandes Haß, aber aller Burgunden Dank verdiene und daß er nirgends sicherer sich fühle als im Kreise seiner Schwäger. Aber kein Wort des Geliebten vermag die dunkle Ahnung kommenden Unheils und das bittere Weh der Trennung aus ihrer Seele zu bannen. Mit Tränen umarmt sie ihn, lange blickt sie ihm nach. Die Jagd im Odenwalde war beutereich, aber auch beschwerlich. Siegfried hatte das meiste Getier erlegt. Eber und Elke, auch manchen wilden Wisent, den Auerstier; zuletzt fing er ohne Waffe einen Bären, der unter die Kessel rannte und die Küche in Aufruhr brachte. Als man endlich müde war und erschöpft vom Gejaid und von brennender Sommerhitze, da begehrte die durstige Weidgesellschaft nach kühlendem Trunke.

Aber der Wein war nicht zur Stelle und der Rhein zu fern, um daraus zu trinken. Hagen erklärte sich bereit, die Durstigen im tiefen Wald an einen Brunnenquell zu führen, den er wohl zu finden wisse. Schon erblickte man die schattende Linde, aus deren Wurzelgrunde der Quell entsprang, da heuchelt Hagen: »Ich hörte allezeit beteuern, daß meiner Nichte Gemahl, der behende Siegfried, im schnellen Laufe allen Männern unein-holbar sei. Möchte er uns dieses Meisterstück doch sehen lassen.« »Ich bin bereit,« erwiderte der arglose Siegfried, »um die Wette mit Euch zum Quell zu rennen, im vollen Waffenschmucke, mit Speer und Schwert und Schild. Ihr aber legt Eure Kleider ab.« Das tat nun Hagen und stellte sich bereit zum Wettlaufe mit Siegfried. Aber schnell wie ein wilder Panther flog Siegfried dem Tronjer voraus und kniete als erster am Quell. Schild und Schwert und Speer legte er hastig zur Erde und beugte sich nieder zur kühlenden Flut und trank in durstigen Zügen. Rasch ist Hagen hinter ihm zur Stelle, rafft mit eiligem Griffe Siegfrieds Waffen vom Boden auf und birgt sie seitwärts in den Büschen. Nur den Speer behält er in der Hand, wiegt ihn hoch empor, zielt und schießt ihn mit kräftigem Wurfe dem Trinkenden in den Rücken, sicher treffend an der heimlichen Stelle, wo nach Kriemhilds Merkzeichen der Unverwundbare schwach und sterblich ist. So furchtbar ist der Wurf, daß Hagens Gewand vom Blute des Helden mit Purpur bespritzt ist. Mit zornigem Weh springt der Todeswunde, dem die Speerstange aus dem Rücken ragt, empor. Nur den Schild kann er noch erraffen und in wütenden Streichen schlägt er den Meuchler damit zu Boden, daß die Edelsteine zerspringen und der Schild zerbricht. Aber das entströmende Blut und das fliehende Leben berauben ihn der Kraft und ermattet sinkt er zu Boden in den grünen Klee und in die Waldblumen, die sich von seinem Edelblute röten. Mit sterbender Stimme zürnt er: »Ihr Meineidigen und Feigen, was nutzen euch nun alle meine Dienste, wenn ich dahingegangen bin? So schändlich habt ihr meine Treue belohnt!« Das ganze Weidgefolge eilt nun herbei und beklagt den sterbenden Recken. Selbst Gunter empfindet Reue und Grauen vor Hagens Tat, die er doch gebilligt und bewilligt hatte durch seine schweigende Schwäche. Noch einmal röchelt Siegfrieds Stimme: »Das ist nicht not, daß der mich bedauert, der den Schaden mir treulos zugedacht hat. Willst aber du, o König Gunter, nach dieser ungeheueren Tat noch irgend einer Treue dich erinnern, so übe sie als Bruder an meiner lieben Trauten. Laß es ihr nicht entgelten, daß sie nun ohne meine Liebe und

Sorge einsam und schutzlos ist. Halte sie als deine Schwester, ehre sie als Fürstentochter. Lieber Vater, treue Mannen von Nibelungenland, euch werde ich nimmer wiedersehen!« Bleich wie Marmor wurde des Helden Angesicht. Das edle Herz hatte ausgerungen. Es waren Siegfrieds letzte Worte. Nach alter Sitte hob man den Leichnam auf einen goldenen Schild, wehrhafte Männer trugen ihn auf ihren Schultern zurück nach der Königsburg zu Worms am Rhein. Einige fühlten, daß die Schmach des Meuchelmordes nun das ganze Königshaus entehre, und wollten das Gerücht verbreiten, Schächer hätten den Helden im Tann erschlagen. Aber Hagen rühmte sich in Haß und Hohn der ungeheueren Tat. »Mag es Kriemhild wissen, daß ich ihn erschlug,« ruft der Mörder. »Ich habe es getan, um euch alle der Sorge zu überheben, und ich strafte ihn für das Leid, das er Brunhild, unserer Königin, angetan hat.«

Und mit teuflischer Tücke und herausfordernder Roheit läßt Hagen, als man in dunkler Nacht in Worms eintraf, den Leichnam vor die Tür von Kriemhilds Kemenate legen. Am frühen Morgen, als diese zur Messe geht, stolpert ihr Kämmerer über den Toten. Auf seinen Schreckensruf: »Hier liegt ein erschlagener Mann!« schreit Kriemhild: »Das ist mein teuerer Siegfried!« Und wie sie den Toten erkennt, stürzt sie wie leblos zu ihm auf die Erde nieder. Ihre Tränen sind Blut. Als sie aus ihres Jammers Ohnmacht erwacht und sich wieder erhebt, ruft sie mit gellender Stimme: »Der das getan hat, muß des Todes sterben!«

Siegfrieds Vater und Mannen wollten in erster, blinder Wut an den Burgunden blutige Rache nehmen. Kriemhild, die im tiefsten

Herzen den einzig wahren Täter kennt, dem sie selbst in ahnungsloser Liebe den Toten in die Hand geliefert hat, hemmt den Ausbruch der gerechten Empörung in der Zuversicht, ihre Brüder seien schuldlos und bereit, den Mörder der gerechten Strafe zuzuführen.

Nach dem Bahrrechte hoffte sie auf die Zeugenschaft der Totenprobe. Im offenen Sarge wird der Erschlagene in das Münster getragen, wo sich alle Burgunden, unter ihnen Hagen, in Gegenwart der Witwe und ihrer Mutter zur öffentlichen Klage einfinden. Vor aller Augen, als Hagen an den Sarg tritt, beginnt das Blut des Ermordeten neu zu fließen. Kriemhild fordert laut von Gunter strenges Blutgericht über den Täter. Gunter schweigt und verweigert die Sühne aus bösem Gewissen. Hagen aber nimmt mit vermessenem Hohne des toten Siegfried Schwert an sich als letzte Beute, mit der er frei hinweggeht.

Ohne Gericht, ohne gerechte Sühne leidet Kriemhild durch ihre Brüder und Hagen namenloses Herzweh und unverdienten Jammer. Sie, einst das glücklichste, ist jetzt das ärmste und elendste Weib der Welt. Mit königlicher Pracht, in einem Sarg aus Gold und Silber wird Siegfried in marmorner Gruft im Kloster zu Lorsch begraben. Fern der feindlichen Welt, fern den treulosen Brüdern, selbst der Mutter fern, will die Tiefgebeugte ihr künftiges Leben über dem Grabe Siegfrieds vertrauern. Die Brüder vermeinen der Schwester Leid zu lindern, indem sie den unermeßlichen Schatz, den Nibelungenhort, den Alberich behütet und den einst Siegfried seiner Braut als Morgengabe geschenkt hatte, mit großem Aufgebote nach Worms bringen lassen.

Kriemhild aber, nimmermehr des irdischen Reichtums achtend, einzig des Toten gedenkend, spendet Gold und Silber und Edelstein mit freigebigen Händen verschwenderisch an die Armen, die ihre Schwelle umlagern, die in Scharen ihr dankerfülltes Gefolge bilden. Da fürchtet Hagens böses Gewissen, das unermeßliche Nibelungengold könnte nicht nur Bettler bereichern, sondern auch mächtige Bundesgenossen für Kriemhilds Rache werben; und heimlicherweise versenkte er den Hort in den Rhein auf Gernots Rat. Er und die Brüder schwören, keiner Menschenseele zu verraten, wo der Hort begraben sei.

Von der Stunde an aber, da Siegfrieds, des Nibelungen-Besiegers, Schatz in ihre Macht und Hut kam, nannten sich die Burgunden Nibelungen. Mit dem Horte aber kam auch das Schicksal seines jeweiligen Besitzers, kam das unausbleibliche künftige Verderben über sie.

Dreizehn Jahre trauerte Kriemhild als treue Witwe um den Tod ihres Gatten.

Da kam eines Tages fern aus dem Hunnenland im Osten eine stattliche Gesandtschaft an den Hof zu Worms. Frau Helche, die Gattin des Hunnenkönigs Etzel, war gestorben. Der Markgraf in Österreich, Rüdiger von Bechlarn, hatte sich dem Könige erboten, die Werbefahrt nach Worms um die Witwe Siegfrieds zu unternehmen, um so dem Hunnenreiche eine glorreiche neue Herrin zu geben. Wieder ist es Hagen Tronje, der zuerst den fremden Recken als einen lieben Jugendfreund erkennt, an dessen Seite er einst am Wasgenstein gegen Walter gekämpft hatte. Alles freundliche Gedächtnis wird nun erneuert und die Werbung Rüdigers vollzogen. Die Brüder stimmen bei, in dem Wunsche, der tiefverletzten Schwester noch ein letztes Glück zu bereiten. Aber Hagen widersetzt sich mit aller Kraft diesem Vorhaben.

»Ihr kennt den König Etzel nicht«, sagt er. »Wenn Kriemhild die Krone im Hunnenreiche tragen wird, so werdet ihr's erleben, daß sie uns allen großes Leid zufügen wird. Das möcht ich vermieden wissen.« Aber Gunter meint, es stünde Hagen besser an, jetzt nicht neue Untreue an der Unglücklichen zu begehen. So lassen die Brüder die Werbung vor sich gehen. Aber Kriemhild, in tiefster Seele des unvergeßlichen Toten gedenkend, lehnt ab. Da bittet Rüdiger nochmals um Gehör. »Edler Markgraf,« spricht die Jammernde, »wenn Ihr den großen Schmerz erwägen wollt, den ich um eines Mannes willen erlitten habe, so würdet Ihr mich nicht bitten, einen anderen Mann zu wählen.« Nochmals verlangt sie Bedenkzeit bis morgen. Gernot und Giselher sprechen ihr wohlmeinend zu. Wieder verbringt sie eine schlaflose Nacht, wieder vermag Rüdiger ihren Widerwillen nicht zu besiegen. Da bittet er um ein Gehör unter vier Augen und beteuert der Königin: »Was Ihr auch immer erlitten habt, edle Frau, und wenn Ihr auch niemanden zum Freunde im Hunnenlande hättet als mich und meine Getreuen, wer Euch ein Leides tut, der soll es schwer von unseren Hunnen büßen.« Da erhebt sich mit plötzlicher Eingebung die Schmerzensreiche: »Wohlan, Herr Rüdiger, das schwört mir zu. Ihr wollt bereit und willig sein, jedwedes Leid, das mir geschieht, zu rächen.« Rüdiger, den Sinn der Bitte nicht bedenkend und seine Folgen nicht ermessend, vollzieht den Eidschwur.

Da reicht ihm Kriemhild die Hand und gelobt sich zur Braut König Etzels. Ungesäumt folgt sie dem Markgrafen ins ferne Hunnenland. Ihre Brüder, durch Hagens Warnung beunruhigt und von ihrem Entschlusse überrascht, geben ihr zwar um der

Hofsitte und äußeren Ehre willen das Geleit, aber nur bis an die Donaustadt Veringen. Von hier aus zieht sie im Geleite Rüdigers fort nach Osten, über die Enns, nach Rüdigers Burg Bechlarn an der Donau. Hier findet sie liebevolle Aufnahme bei dessen Gattin und Tochter.

Hunnische Boten und Gefolgschaften geleiten sie von hier über Melk und Mautern nach Zeiselmauer, wo sich Etzels zahllose fremde Mannen, Fürsten und Heerscharen anschließen. In der Stadt Tulln begrüßt sie König Etzel selbst mit vierundzwanzig Königen. Sein Bruder Blödel, der Dänenkönig Hawart und dessen Dienstmann Iring, Landgraf Irnfried von Thüringen, die Sachsen Gibek und Hornbog, der Walachenfürst Ramung gesellen sich zu den übrigen.

Aber alle Recken im Gefolge König Etzels überstrahlt an königlicher Pracht, übertrifft an Hoheit der Erscheinung und an löwenhafter Leibeskraft Dietrich von Bern, der Gotenkönig, der nicht gezwungen, sondern unbesiegt und nur gebunden durch ein heimliches Gelübde, also freiwillig, ein Vasall des Hunnenkönigs ist. Keiner der Recken darf sich messen mit dem Ruhme seiner Taten, außer dem toten Siegfried. Wie das alte Lied verkündet, wurde die Hochzeit mit niegesehener Pracht zu Wien in der Stadt feierlich begangen. Endlich zogen die Neuvermählten nach der Etzelburg im Hunnenlande.

Wer ermißt den Schmerz der Erinnerung an den unvergeßlichen ersten Gemahl, wer das Heimweh der gekrönten Heimatlosen an der Seite des fremden, nicht aus Liebe erwählten Mannes? Sieben Jahre verschließt sie das düstere Geheimnis ihrer Rachewünsche in der Brust. Beiden ist ein Knäblein geboren worden, das Ortlieb getauft wird. Nochmals entschwinden sechs Jahre – und nun sind sechsundzwanzig Sommer über Siegfrieds fernes Grab dahingegangen, da fordert Kriemhild den König auf, die Schande von ihr zu nehmen, daß keiner ihrer Brüder, niemand ihres Landes bisher gekommen sei, sie nach Fürstensitte in ihrer neuen Heimat zu besuchen. König Etzel würdigt ihren Wunsch und läßt freundliche und dringende Botschaft nach Worms ergehen. Nach siebentägiger Beratung steht wieder Hagen Tronje als Warner da: »Bedenket ihr nicht,« spricht er zu den Burgunden, »daß wir der Königin Kriemhild unsühnbares Leid zugefügt haben? Mir ahnt, daß die Frau langräche.« (Die Rache nicht vergessen könne.) »Ihr ratet alle Versöhnung ab, Oheim Hagen, weil Ihr fürchtet, daß Ihr dem Tode entgegengeht.« So tadelt ihn Gernot. Da ruft Hagen: »Ich kenne keine Furcht! Wo meine Herren sind, da bin auch ich.« Die Fahrt nach Hunnenland ist beschlossen, Gunter sammelt auf Hagens Warnung hin ein wahrhaft kriegerisches Aufgebot. Seine edelsten Recken sammeln sich und teilen diese Heerfahrt mit den Burgunden. Das alte Lied nennt sie mit Namen: Volker von Alzei, ein Sänger und Spielmann, der mit gleicher Kühnheit das Schwert und den Fiedelbogen führt; Ortwin von Metz, Dankwart, Hagens Bruder, Wolfhart, Rumolt der Küchenmeister und andere. Auch der Kaplan mit seinem Meßgeräte fehlt nicht. Die Fahrt geht den Main hinauf, durch Franken an die Donau. Hagen, der Weltkundige, macht den Führer. Als er am Donauufer nach einer Fähre späht, sieht er im Wasser zwei Schwanjungfrauen; er weiß, daß solche Nixen zukunftskundig sind. Rasch raubt er ihnen ihr Gewand, ohne das sie machtlos sind, um sie zur Rede und Auskunft zu zwingen. Wie Wasservögel umschweben sie ihn. Die eine nimmt ihre Zuflucht zu schmeichelnder Lüge: »Ihr alle geht in Etzels Lande hohen Ehren entgegen.« Da gibt Hagen frohgemut den Nixen ihr Gewand zurück. Aber die zweite ruft bedeutsam: »Hagen, Adrians Sohn, laß dich warnen. Keiner von euch allen kehrt ins Land Burgund zurück, außer dem einzigen, den du verachtest.« Das war der Kaplan, der Mann des Friedens und der barmherzigen Liebe. Hagen versteht den Sinn der Rede und fühlt im schuldvollen Herzen, daß die zweite Jungfrau die Wahrheit sprach. Hierauf verübt er noch eine blutige Tat, er tötet den Fährmann. Um aber jedes Zweifels überhoben zu sein, führt er selbst mit kraftvollen Ruderschlägen Herren und Mannen über den Strom. Als letzten nimmt er den Kaplan ins Schiff. Als dieser nun über sein heiliges Gerät sich niederbeugt, packt er ihn und wirft ihn in die Flut. Der arme Priester kämpft ringend mit den Wogen und strebt nach dem Schiffe. Da schlägt ihn Hagen grimmig mit der schweren Ruderstange übers Haupt. Der Gottesmann wendet sich schwimmend zurück, erreicht das entgegengesetzte, eben verlassene Ufer und schüttelt als ein Geretteter sein nasses Gewand, den Königen und dem treulosen Hagen bitteres Lebewohl nachrufend. Jetzt weiß der Tronjer, daß die Todesprophezeiung in Erfüllung gehen muß, weil derjenige gerettet und auf der Rückkehr begriffen ist, den er am meisten verachtet. Nun reiten die Burgunden in die Mark Rüdigers, werden von ihm als Freunde begrüßt und gastlich in seiner Burg zu Bechlarn empfangen und bewirtet. Dreitausend Vasallen und neuntausend Knechte beträgt die Zahl der Burgunden außer den drei Königen und ihrer allernächsten Sippe. Die edle Hausfrau Gotlind und ihre Tochter Dietlind lassen es an Güte und Milde den Gästen gegenüber nicht fehlen. Besonders der Spielmann wird viel belobt und reich beschenkt. Ja, wie ein sonniger Lichtstrahl aus grauenden Nebeln erfreut Wirte und Gäste ein freudiges Herzensbegebnis. Giselher, der jüngste der Königsbrüder, wirbt um die Hand der Markgrafentochter und wird zu aller Trost der lieblichen Dietlind anverlobt. Hagen erhält von Gotlind den Schild, den einst ihr Vater Nudung getragen; Rüdiger schenkt Gernot sein eigenes Schwert, das er sieghaft in mancher Not geschwungen. Herzlich und in doppelter Freundschaft mit Rüdigers Hause verbunden, nehmen die Burgunden Abschied und reiten über die Grenze in Etzels Land. Nun zieht der gewaltige Dietrich von Bern, gefolgt von seinem greisen Waffenmeister Hildebrand und allen Amelungenrecken, den Burgunden entgegen. »Seid willkommen«, grüßt er die Könige, Hagen und Volker. »Soll es euch unbekannt sein, daß Königin Kriemhild noch immer um Siegfried trauert und weint?« »Mag sie weinen«, sagt Hagen trotzig, »das ist alles umsonst; denn Siegfried liegt lange erschlagen und steht nicht wieder auf.« Dietrich von Bern aber schüttelt das Haupt und entgegnet: »Ich will nicht forschen, wie der edle Siegfried starb. Aber hüte du dich wohl, Hagen; hütet euch ihr alle, denn kein Morgen vergeht, wo nicht die Königin Rache von Gott im Himmel sich erbittet.«

Als die Burgunden vor Etzelburg erscheinen und Kriemhild aus der Höhe die wohlbekannten Wappenbilder ihres Hauses erkennt, da ruft sie gegen alle Hunnen: »Wer meine Gunst verdienen will, der gedenke meines Leides!«

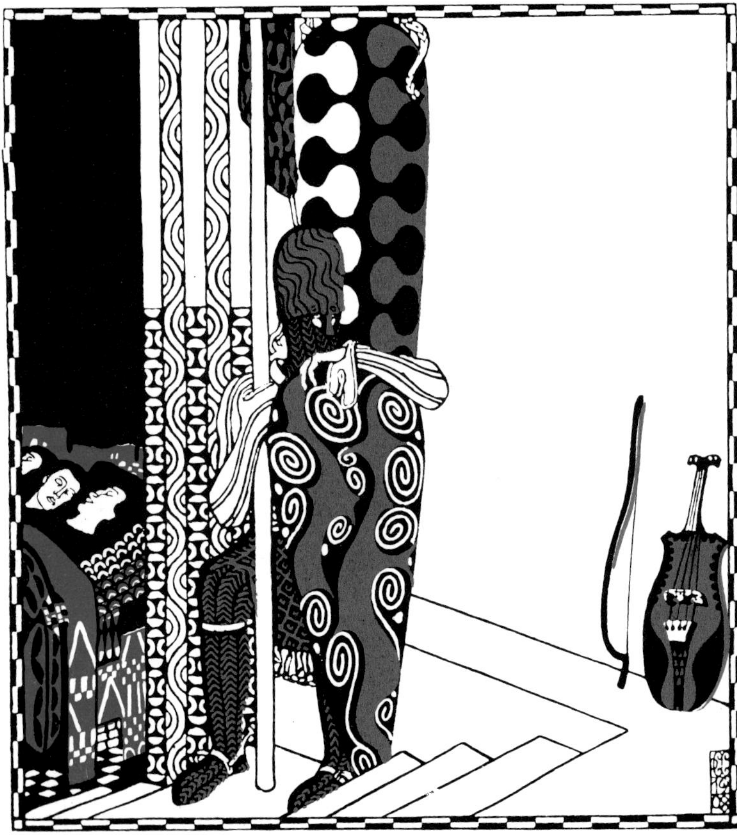

Aller Augen richten sich auf die fremden Gäste. Allen voran reitet Hagen Tronje, auf schwarzem Roß, in schwarzer Rüstung. Graugemischt ist sein Haar, tiefliegend unter furchtbarer Braue sein Auge. Klirrend steigt er vom Rosse.

Kriemhild grüßt nur kalt die Brüder, küßt nur Giselhern, der zur Zeit der blutigen Tat ein Kind und fern der Bluttat war. Das merkt Hagen und bindet sich fester das Sturmband seines Helmes.

Kriemhild richtet an die Brüder die Frage, ob sie ihr Eigentum, den Nibelungenhort, mitgebracht hätten. Da wirft Hagen trotzig ein: »Der liegt mit Willen meiner Herren tiefversenkt im Rhein und schlummert bis zum Jüngsten Tage.«

König Etzel, der Sitte des Gastgebers eingedenk, begrüßt seine Schwäger und ihre Mannen. In dichten, neugierigen Schwärmen drängen sich von allen Seiten die Hunnen um die deutschen Gäste heran.

Hagen und Volker der Spielmann, der stärkste und der sonnigste aller Burgunden treffen sich im Hofe, schließen sich aneinander und lassen sich nieder auf eine Bank. Kriemhild, die ihren Todfeind vom Fenster aus erblickt, kommt an der Spitze von sechzig gewappneten Hunnen herab in den Hof. Hagen, im Übermaß des Frevelmutes, beleidigt jede gute Sitte, indem er vor der Königin sich nicht erhebt. Ja, als sie dicht an ihn herantritt, da legt Hagen das Schwert Siegfrieds, das er dem Toten geraubt hat, den edlen Balmung, übers Knie und läßt den Jaspis am Griffe blitzen – grün wie ein Gras, sagt das alte Lied.

»Wer hat nach Euch geschickt, daß Ihr es wagt, zu mir ins Land zu kommen? Habt Ihr vergessen, was Ihr mir getan?«

ruft die Königin mit zornbebender Stimme. »Nach mir«, sagt Hagen trotzig, »hat niemand gesandt. Meine drei Könige wurden geladen; und wo meine Herren sind, da fehle ich nie.« »Wißt Ihr nicht«, erwidert Kriemhild, »daß ich Euch hasse, weil Ihr meinen Siegfried erschlagen habt?« »Ja, ich habe ihn erschlagen, weil Frau Kriemhild die schöne Königin Brunhild schalt. Ich leugne meine Tat nicht, räche es, wer es rächen kann.«

Als sich die Gäste im Palas (wo der Saal sich befindet) sammeln, bleiben sie alle geharnischt und gewaffnet. Das erbittert auch Etzels Sinn. Aber er denkt noch nicht an das Schlimmste. Ist ja doch Dietrich von Bern, sein mächtiger, sein freiwilliger Vasall, Hunnen wie Burgunden gleich befreundet und also in der Not zwischen beiden ein Vermittler. Zur Nachtruhe beziehen die Burgunden den großen Saal, die Knechte unter Dankwarts Führung schickt man in die Herberge.

Vor dem Palas, auf der Stiege, halten Hagen und Volker die Nachtwache. Lieblich erklingt Volkers Geige, um die Reisemüden in Schlaf zu singen. Heranschleichendes Hunnenvolk scheucht Hagens Donnerstimme und Schwert zurück.

Andern Tages soll scheinbar Festlichkeit und ein Waffenspiel (Buhurt) die Gäste erheitern. Aber nur mit Mühe vermag Etzel einen ernsten Ausbruch gegenseitigen Hasses zu unterdrücken. Vergeblich sucht die Königin den alten Hildebrand und Dietrich von Bern zu bewegen, an Hagen Rache zu vollziehen. Beide sind den Burgunden freundlich gesinnt. Es gelingt der Königin jedoch, Etzels Bruder Blödel zu gewinnen, einen Überfall mit den niederen Dienstmannen auf die burgundischen Knechte und Dankwart in der Herberge vorzubereiten.

⩓ Im großen Saale der Burg sitzen nun Wirt und Gäste an der Tafel. Auf einem Schilde bringt man den kleinen Hunnenkönig Ortlieb herein, um ihn seinen Oheimen zu zeigen. Als er vor Hagen gebracht wird, höhnt dieser, daß ihm der junge König nicht danach aussehe, ein langes Leben zu gewinnen. Er werde zu ihm wohl nicht nach Hofe ziehen. Sprachlos hören alle Anwesenden diese Rede des Mörders Siegfrieds. Da erscheint an der Tür des Saales mit bluttriefendem Gewande und entblößtem Schwerte Hagens Bruder Dankwart und ruft: »Ritter und Knechte liegen in der Herberge erschlagen. Was sitzest du hier so lang, Bruder Hagen? Dir und Gott im Himmel klag' ich unsere Not!« Auf das hin springt Hagen empor und ruft: »Hüte du die Tür, Bruder Dankwart, daß niemand hinauskommt.« Und Siegfrieds Schwert ziehend, haut er dem Knaben Ortlieb einen Schlag, daß dessen Haupt der Mutter in den Schoß springt. Mit dem zweiten Hieb schlug er den Wärter, der das Kind trug, nieder, mit dem dritten trifft er den Spielmann Werbel, der die Burgunden ins Hunnenland lud, so daß die rechte Hand samt der Geige zu Boden fällt. Gunter, Gernot und Giselher, Volker und alle burgundischen Recken erheben sich sofort zum Kampfe gegen die Hunnen am Tische und im Saale. Und während von den gewaltigen Streichen der Verräter Ströme Hunnenblutes fließen, springt Volker zu Dankwart an die Tür, um auch die von außen jetzt Andringenden abzuwehren.

⩓ Kriemhild ruft in höchster Lebensgefahr den Gotenkönig Dietrich von Bern um Schutz und Hilfe an. Dieser, der Königin zu schuldigem Dienste bereit, ruft mit gewaltiger Stimme durch den weiten Saal, daß man ein Büffelhorn zu hören glaubt. Augenblicklich

Augenblicklich schweigt das Kampfgetümmel und nun begehrt der edle Amelunge als Unbeteiligter an Haß und Kampf für sich und die Seinen Frieden und freien Abzug aus dem Saale. Gunter bewilligt das. Da führt Dietrich außer den Seinen und Rüdiger mit dessen Mannen auch den Hunnenkönig Etzel mit Kriemhild aus dem Saal. Nun erliegen alle Hunnen vor der Wut der Burgunden. Hagen tritt vor die Tür und verhöhnt Etzel, der als Herr die Seinen verlassen habe, und Kriemhild, die zweimal Vermählte. Aber die Königin gelobt, demjenigen den Schild mit Gold zu füllen, der ihr Hagens Haupt bringen werde. Ein zweimaliger Ansturm des Dänen Iring endet mit seinem Tode durch Hagens Speer. Von Mittag bis Mitternacht haben die Burgunden allen Stürmen im Saale getrotzt. Erschöpft begehren sie von ihren Feinden freien Kampf, Mann gegen Mann, im Hofe.

Als Giselher seiner Schwester zuruft, daß er doch an allem ihrem Leide keinen Schuldanteil genommen habe, da verspricht Kriemhild ihren Brüdern das Leben, aber Hagen muß ihr ausgeliefert werden.

Aber Gernot und Giselher rufen dagegen: »Wir stehen zu Hagen, von der Treue lassen wir nicht, bis in den Tod!«

Da läßt der König rings um den Saal ein gewaltiges Feuer entzünden, das bald wie ein roter Mantel das Gebälke des Dachstuhls einhüllt und weithin die Sommernacht erhellt.

Nur mit hocherhobenen Schildern überm Haupte retten sich die Eingeschlossenen vor den einstürzenden brennenden Balken und lehnen sich an die steinerne Saalwand. Auf Hagens Rat trinken sie statt Weines das Blut der Erschlagenen aus ihren Helmen im dämmernden Morgengrauen.

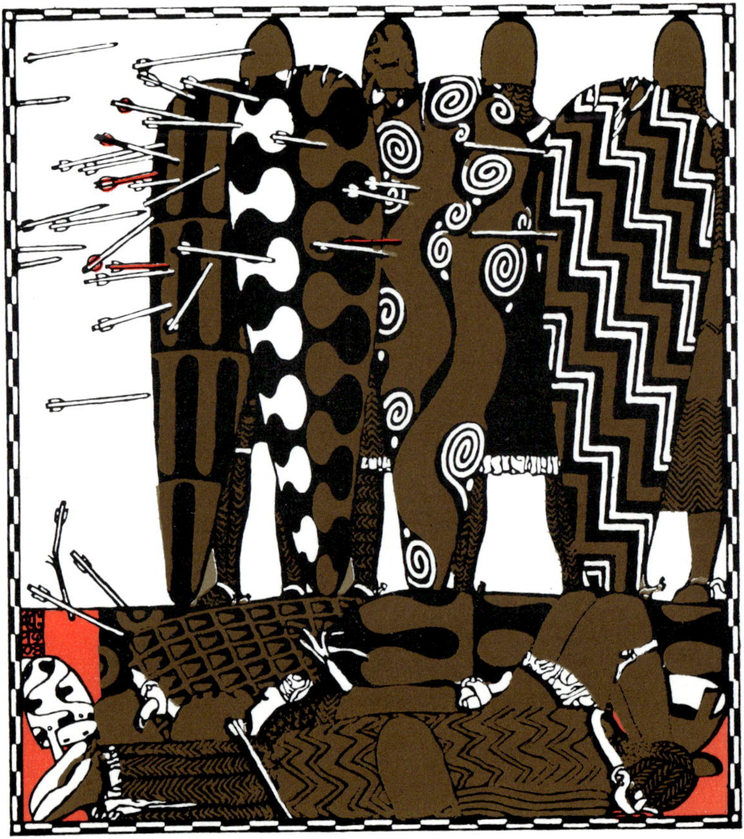

Mit dem Tage beginnt der wütende Kampf von neuem, der Saal ist uneinnehmbar; die Leichen der Erschlagenen häufen sich auf der Stiege.

Nun ruft Etzel den Markgrafen Rüdiger von Bechlarn auf zur Hilfe. Aber unlösbar ist der Widerstreit der Pflichten, der sich nun in der Seele des getreuen Mannes erhebt.

Seiner Königin zu gehorchen, der er die höchste Treue bei der Verlobung zu Worms geschworen, ist heilige Vasallenpflicht.

Ungehorsam ist Schmach. Seinem Könige zu gehorchen, heißt aber den Burgunden, seinen lieben Gästen, die Treue brechen, ja gegen denjenigen das Schwert erheben, dem er sein einziges Kind zu Bechlarn anverlobt hat. Bei dieser schweren Wahl, die ihn flehentlich das Knie beugen läßt um Lossagung von seiner Vasallenpflicht vor Kriemhild, siegt im edlen Rüdiger das eiserne Pflichtgefühl über den Wunsch seines Herzens, siegt die Mannestreue über die Freundesliebe. Er gehorcht der Königin. Aber ehe er wider die Burgunden losgeht, wechselt er mit Hagen den Schild als letztes Liebeszeichen. Noch halten sich Hagen, Volker und Giselher vom Kampfe wider die Bechlarner zurück. Gernot tritt gegen Rüdiger und gegenseitig geben sie sich den Todeshieb.

Als Dietrich die Klagerufe über Rüdigers Tod vernimmt, da sendet er den alten Hildebrand vor den Saal, der die Auslieferung der Leiche des Markgrafen begehrt. Auf die höhnische Zurückweisung seitens der Burgunden entbrennt aufs neue grimmiger Kampf zwischen den Amelungen Dietrichs und den trotzigen Nibelungen von Worms. Volker fällt durch Hildebrands Schwert, Wolfhart, Hildebrands Neffe, und Giselher töten sich gegenseitig.

Hagen treibt mit gewaltigen Schwertschlägen den betäubten alten Waffenmeister aus dem Saale, die Stiege hinab. Taumelnd kehrt er zu seinem Gotenkönige zurück. Im Saale unter Leichen und gefallenen Waffen stehen die letzten Lebendigen, Gunter und Hagen, die Schuldigsten an des edlen Siegfried meuchlerischer Ermordung.

All seiner Mannen beraubt, mit Ausnahme des alten Hildebrand an seiner Seite, geht nun Dietrich von Bern vor den Saal und begehrt von Gunter und Hagen willige Ergebung in seine Hand. Beide weisen seine Forderung zurück. Da schlägt er Hagen eine tiefe Wunde und bändigt ihn und führt ihn gefesselt zu Kriemhild. Hierauf bezwingt er in gleicher Weise Guntern, führt ihn gefesselt vor die Königin und bittet sie, der beiden Leben zu verschonen.

Kriemhild fordert von Hagen den Nibelungenhort, wenn er leben wolle. Dieser erwidert trotzig: »Solange einer meiner Herren lebt, wirst du es nicht erfahren.« Da läßt sie dem gefangenen Gunter das Haupt abschlagen und trägt es an den Haaren vor Hagen hin. Aber Hagen trotzt bis zum Ende.

»Den Hort weiß nun niemand als Gott und ich allein,
Der soll dir, Teufelin, immer verhohlen sein.«

Da reißt Kriemhild Siegfrieds Schwert aus der Scheide und rächt des geliebten Gatten Mord, indem sie Hagen niederstreckt. Aber der alte Hildebrand, ergrimmt, daß so vieler Helden Blut durch ein Weib vergossen wurde, tötet die Unselige, die nun neben ihrem Todfeinde sterbend niedersinkt.

Das alte, herrliche Lied von den Ehren und Kämpfen, dem Verrate und dem Untergange schließt mit den ergreifenden Worten:

»Mit Leid war beendet des Königs hohes Fest,
Wie stets die Freude Leiden zu allerletzten läßt.«

In der ausgewogenen, durchkomponierten Einheit, die das von Czeschka gestaltete Bändchen darstellt, bildet der Text von Franz Keim einen notwendigen, nicht mehr zu eliminierenden Bestandteil. Schon durch seine typographische Gestaltung. Mehr noch durch seine Bedeutung als Zeitdokument. Wie die Nibelungen-Versionen von Wagner oder Hebbel, Max Mell oder Paul Ernst – wenn auch auf ungleichem Niveau – ist er das Ergebnis einer Auseinandersetzung: das alte feudale Gedicht wird hier aus dem Geist einer bürgerlichen Zeit nacherzählt und erhält eine neue, zeitbedingte Form; aus einer unwiederholbaren historischen Interessenlage heraus wird es verändert, umgedeutet und – wollte man die Bearbeitung am höfischen Grundtext messen – verfälscht. Sicherlich ein falscher Maßstab: Wäre dann nicht bereits das Nibelungenlied als höfische Neufassung einer an sich unhöfischen Geschichte ein Verfälschung? Und ist nicht überhaupt jede Übertragung notwendigerweise bedingt und geprägt durch die Produktions- und Bewußtseinsformen ihrer Zeit? Selbst die Hecht'sche Nacherzählung, die in diesem Band mitabgedruckt ist und über die unten noch ein kurzes Wort zu sagen sein wird, macht darin keine Ausnahme.

Als Franz Keim (1840–1918), ehemaliger österreichischer Gymnasialprofessor, dann freier Schriftsteller in Wien, Verfasser zahlreicher Dramen in Hebbel'scher Manier sowie lyrischer und epischer Werke im Klassiker-Verschnitt, die Nibelungen (wie es im Titel heißt) ›dem Deutschen Volke wiedererzählte‹, da hatte die Rezeption dieses mittelalterlichen Werkes bereits eine lange Tradition.

1755 durch den Lindauer Arzt Jacob Hermann Obereit nach jahrhundertelanger Vergessenheit wiederentdeckt, war das Nibelungenlied in den Tagen der Romantik als Zeugnis einer großen deutschen Vergangenheit, als Urkunde nationaler Einheit verstanden und, auf der Woge einer glühenden Begeisterung fürs Altdeutsche, in der Zeit der napoleonischen Besetzung zu ungeheurer Popularität emporgetragen worden. Zwar war der Enthusiasmus schon bald bitterer politischer Resignation gewichen, doch in patriotischen Kreisen bildete das Werk auch weiterhin ein Symbol der Hoffnung, mit der die »ungewordene Nation« in die Zukunft blickte: »Urbild reiner echter Deutschheit, Evangelium deutscher Treue, Spiegel deutscher Gesittung«, das sind einige der vielen Stereotype, mit denen die bürgerliche Ideologie ihre politische Ohnmacht zu kompensieren, mit denen eine instrumentalisierte Nationalerziehung die Untertanen auf Gehorsam zu verpflichten und in ihnen Liebe zu Fürst und Vaterland zu wecken suchte.

Freilich, borniert-chauvinistische Klänge, wie sie in den Adaptionsversuchen des 19. und 20. Jahrhunderts so oft ertönen und wie sie auch in dem zitierten Gedicht mitschwingen, hat Keim in seiner Nacherzählung vermieden; aber der nationalpädagogische Eros, der ihn bei seinen Arbeiten erfüllte, wird gleichwohl auch hier spürbar und kommt in der Zielsetzung des Bandes deutlich zum Ausdruck: in der Vorrede wird mit inniger Freude konstatiert, das Nibelungenlied sei ›zu einem Lieblingsbuch nicht nur des Adels und der Klerisei, sondern des gesamten deutschen Volkes, vor allem zu einem Bildungsmittel unserer lieben Jugend geworden‹ und emphatisch wird es als ›wahrhaft deutsche Dichtung‹, als ewige Manifestation deutschen Wesens gepriesen: ›Kein zweites Volk der Erde, außer den alten Griechen, hat ein gleich lebensvolles Spiegelbild seiner Zeit, seiner Denkungsart und seines Gemütslebens dichterisch erfunden und gestaltet.‹

Was ein historischer Text ist, was ihn konstituiert und zusammenhält, begreift man kaum besser, als wenn man ihm eine Form seiner Reproduktion gegenüberstellt, die einem differenten Zeitalter entstammt; denn was der einen Zeit entsprang, ist in die andere nur unvollkommen übertragbar, zu verschieden sind Sprache und Bewußtsein, Lebensformen und Gesellschaftsnormen, Literatur- und Kunstbegriff. Und wenn dies schon für jene Übertragungen und Nacherzählungen gilt, die das Original peinlich genau und so getreu wie möglich nachzuahmen suchen, wieviel mehr für jene Wiedergaben, die sich, naiv oder bewußt, das Recht nehmen, schöpferisch umzugestalten und den Grundtext in freier Weise den eigenen Intentionen verfügbar zu machen. Freilich, das Umgekehrte gilt auch: Was eine solche Neufassung ist, was sie konstituiert und zusammenhält, begreift man kaum besser, als wenn man sie mit der ursprünglichen Textform vergleicht und an den Umformungen und Modifizierungen, an den Auslassungen und Zusätzen, an der Veränderung oder auch Übernahme von Handlungsbedingungen und Handlungsmotivationen die Tendenzen erkennt, denen der neue Text seine historische Form verdankt.

Die Differenz zwischen Keims Nacherzählung und dem Nibelungenlied wird bereits greifbar, wenn man die beiden Texte zur Hand nimmt: Hier ein dünnes, sehr großzügig gedrucktes Bändchen, knapp 30 Textseiten und auf jeder nur wenige Zeilen; dort ein gewichtiger Band, ein riesiges Epos von 2400 Strophen, jede von ihnen zu 4 Langzeilen. Der quantitativen Differenz entspricht eine qualitative. Seiner auf Stringenz, Einheitlichkeit und Geschlossenheit der Dichtung gerichteten Kunstauffassung gemäß, hat Keim alles weggelassen, was ihm für die geradlinige Entfaltung des Geschehens überflüssig zu sein schien, und dieser Tendenz sind alle jene breiten Beschreibungen von Kleidern und Schmuck, von Waffen und Ausrüstungen, jene detaillierten Berichte von Ankünften und Empfängen, Botschaften und Unterredungen, Reise- und Festvorbereitungen zum Opfer gefallen, die in Wahrheit eine wesentliche Seite des Nibelungenliedes ausmachen. Denn jene Vorgänge und Szenen sind dem mittelalterlichen Werk keineswegs äußerlich. Wir bezeichnen sie als »höfisch« und meinen damit eine bestimmte, geregelte Form des Verhaltens, Normen, zeremonielle Handlungen, in denen der Hof sich selbst repräsentiert. In diesem Umkreis ist jegliches Verhalten auf ein gültiges Beziehungssystem bezogen, jedem Ding sein Platz in einer hierarchisch geordneten, festen Wertwelt zugewiesen.

Keim sah darin offenbar nur überflüssiges Rankenwerk und ließ es ohne weitere Bedenken fort. Aber nicht ohne Folgen. Denn damit beschnitt er nicht nur die äußeren Formen, in denen sich höfisch-ritterliches Leben bewegt, damit geriet auch die materielle Basis aus dem Blick, auf der die Macht der königlichen Höfe beruht und mit ihr die hierarchisch feudale Gesellschaftsstruktur, aus der ein Konflikt, wie er sich im Nibelungenlied entfaltet, allein verständlich wird.

Die Unterschiede zeigen sich am Detail: Wenn etwas in der ersten Aventiure des Nibelungenliedes der gesamte burgundische Hofstaat, Könige und Gefolgsleute, in ihren wechselseitigen Beziehungen vorgestellt werden, so schrumpft dieses ausgebreitete Tableau bei Keim zu einer winzigen Bemerkung zusammen. Kriemhild, so heißt es, wächst in Worms »zum Stolze des gesamten Ingesindes« heran. Aus der ersten Begegnung zwischen Siegfried und Kriemhild macht Keim eine kleine bürgerlich-sentimentale Rührszene: »Mit Herzensfreude erblicken sich die beiden. Aber, wie vom gegenseitigen Zauber gebannt, sprechen sie noch kein Wort, bis nach der Messe ... die Jungfrau dem Helden Dank sagt.« Im Nibelungenlied dagegen hält sich die Prinzessin genau an das höfische Zeremoniell und erfüllt die ihr zugewiesene Aufgabe der Begrüßung: »Als sie den hochherzigen Mann vor sich stehen sah, da übergoß glühende Röte sein Antlitz. Die schöne

Jungfrau sagte: ›Seid willkommen, Herr Siegfried, edler, trefflicher Ritter!‹ Da ließ der Gruß sein Herz noch höher schlagen.«
Die Unterschiede zeigen sich aber vor allem in der Motivation ganzer Szenen. Im Nibelungenlied werden die Strukturen des Lehnswesens, des wirtschaftlichen, sozialen und politischen Systems, in dem Lehnsherr und Lehnsmann durch wechselseitig geregelte Beziehungen aufeinander bezogen sind, ganz deutlich. Hier begreift man, weshalb es in einer der zentralen Szenen des Liedes, im Rangstreit der Königinnen, primär um die Frage geht, ob Siegfried nun Lehnsmann ist, wie Brunhild behauptet, oder selbst freier königlicher Lehnsherr, wie Kriemhild meint. Denn im feudal-hierarchischen System des Hofes wird der einzelne durch die Position definiert, die er im gesellschaftlichen Stufenbau einnimmt. Daher ist der Konflikt zwischen Kriemhild und Brunhild auch kein privater, vielmehr ein politischer, und daher auch nur öffentlich zu entscheiden. So treffen die Königinnen und ihr Gefolge nach ihrer vorläufigen Trennung vor dem Portal der Kirche wieder zusammen. Doch nach Enthüllungen, wie sie hier in Gegenwart des Hofes gemacht werden, ist eine Versöhnung nicht mehr möglich; Kriemhild betritt vor ihrer gedemütigten Gegnerin die Kirche.
Anders bei Keim. Offen für Kriemhild Partei nehmend, sucht er deren menschliche Überlegenheit zu pointieren, indem er sie auch noch in dieser Situation die Regeln bürgerlichen Wohlverhaltens wahren läßt: »Nicht durch meine Schuld«, so sagt sie zu Brunhild, »ist dir diese Kränkung aus meinem Munde zuteil geworden, du hast meine Rede herausgefordert. Ja, es tut mir von Herzen leid und ich bin gerne bereit, dir wieder eine treu gesinnte Schwester zu werden.« Aus demselben Grund wird Keim, den symbolischen Gehalt des großen Schaubildes völlig ignorierend, nicht akzentuiert haben, daß Kriemhild als erste den Dom betritt. Im Gegen-

teil. Bei ihm hat man eher den Eindruck, als ließe sie ihrer Gegnerin den Vortritt. Keim hat die Szene also ihrer politischen Konturen beraubt, hat sie privatisiert. Nicht zwei Königinnen stehen einander gegenüber, sondern – wie bei Hebbel – zwei liebende Frauen, beide auf denselben Mann bezogen, doch die eine im vollen Bewußtsein erwiderter Liebe, die andere glücklos. »Kriemhilde, ganz in ihr Glück versunken, hat kein Auge und kein Ohr für die Gekränkte mit dem tödlichen Neid im Herzen.«

Im Unterschied zum Nibelungenlied, das Handlungen, aber kaum deren Motivationen, allgemeine symbolische Zusammenhänge, aber kaum persönlich-individuelle Impulse deutlich macht, und von dem Hebbel gesagt hat, es komme ihm wie ein taubstummes Gedicht vor, versucht Keim, das Handeln der Gestalten überall psychologisch verständlicher zu machen. Doch was beim ersten Teil, bei den Begebenheiten in Worms, trotz aller Unangemessenheit immerhin noch zu verwirklichen war, erwies sich beim zweiten Teil und ganz besonders in den Schlußpartien, jenen immer wieder neu entbrennenden Kämpfen zwischen Burgunden und Hunnen, als blanke Unmöglichkeit. Hier ließ sich auch durch Streichungen kaum etwas erreichen, da die Ereignisse nicht schon dadurch plausibler wurden, daß eine Reihe von Kämpfen einfach wegfiel.

Vor allem stand dem Bearbeiter seine Tendenz im Wege, Kriemhild auf jede nur denkbare Weise zu entlasten: daß sie bewaffnete Mörder zum heimtückischen Überfall auf die Gäste anstiftet, daß sie das eigene Kind ihrer Rache opfert, daß sie ihr Wort bricht, daß sie den Saal anzünden und den Bruder töten läßt, von alledem lesen wir bei Keim kein Wort. War jedoch Kriemhild nicht mehr die leidenschaftlich-bedenkenlose Rächerin Siegfrieds und wurden auf der anderen Seite Hagen und Gunther als die ›Schuldigsten an des edlen Siegfrieds meuchlerischer Ermordung‹ hingestellt, dann geriet nicht nur das Gleichgewicht aus dem Lot, das die objektive Handlungsführung im Nibelungenlied herstellt; dann wurde vor allem der Schluß, der Kriemhild als Henkerin Gunthers und Hagens zeigt, kaum mehr motivierbar.

Das Dilemma Keims wird hier überdeutlich. Seinem rezeptionsgeschichtlichen Deutungsmuster folgend, wollte er die ›Nibelungen‹ zu einem Spiegel »deutscher Denkungsart« und »deutschen Gemütslebens« machen. Doch er sah, daß in dieser Geschichte Verrat und Hinterlist, Gold- und Rachgier, Macht und Mord eine mindestens so gewichtige Rolle spielen wie Treue und Gehorsam, Pflichterfüllung und Edelmut, Kraft und Ritterlichkeit und alle jene Mannes- und Frauentugenden, von denen Nationalideologen immer wieder behauptet haben, sie seien dem deutschen Menschen in besonderem Maße eigen. Keims energischer Versuch, die idealen Strukturen dadurch herzustellen, daß er alles Störende ausließ, fand jedoch dort seine Grenze, wo blutrünstiges Morden und grausamer Verrat notwendige, nicht mehr zu eliminierende Teile der Handlung waren.

Aus diesem Dilemma führte kein Weg heraus; es ließ sich lediglich verdecken. Keim half sich durch eine stärkere Akzentuierung der vermeintlich positiven Werte, z. B. hat er Rüdigers Konflikt – im Nibelungenlied unlösbar – nach dem Deutungsmuster des Kampfes zwischen Pflicht und Neigung entschieden, wobei allerdings die Pflicht, bürgerlicher Ideologie gemäß, das letzte Wort behielt: ›Bei dieser schweren Wahl ... siegt im edlen Rüdiger das eiserne Pflichtgefühl über den Wunsch seines Herzens.‹

Die Differenz zwischen dem höfischen Heldengedicht und den stereotypen Deutungsmustern der bürgerlich-nationalen Rezeptionsgeschichte hat Keim durch seine Nacherzählung nicht aufgehoben. Im Gegenteil, gerade sie wird an seinem Text besonders deutlich. Was Keim versuchte – die Helden einer vergangenen

Epoche seiner eigenen Zeit als immer noch gültige Vorbilder zu präsentieren, indem er ihnen psychologischen Umriß gab und sie ›den ewigen Gesetzen von Leidenschaft, Sühne und Schuld‹ (I, S. 103) unterwarf –, konnte nur scheitern: zu sehr war das mittelalterliche Werk, seine Figuren und Konflikte, Ausdruck eines feudalen Zeitalters; zu sehr waren seine eigenen, vermeintlich ewigen Kategorien Produkte eines – damit unvereinbaren – bürgerlichen Bewußtseins.

Es handelt sich bei diesem Buch um ein Zeitdokument, das durch das Ensemble seiner literarischen, rezeptionsgeschichtlich faßbaren Aussage und seiner ästhetischen, immer noch reizvollen, aber unserem heutigen Urteil keineswegs mehr unproblematischen Gestaltung ein ganz bestimmtes, in die historische Distanz gerücktes künstlerisches Bewußtsein repräsentiert. Bedauerlich nur, daß das einheitliche Format und die Aufmachung der Reihe nicht zuließen, es in der ästhetischen Geschlossenheit seiner ursprünglichen Gestalt wieder vorzulegen: in seiner ungewöhnlichen quadratischen Form, mit dem alten Vorsatzpapier und in dem von Czeschka selbst entworfenen Einband.

Um dem Leser die Möglichkeit zum Vergleich und zu genauerer Information zu bieten, ist als Anhang zur Keim'schen Wiedergabe eine Nacherzählung abgedruckt, die die Nibelungensage in einer möglichst getreuen und sachlichen Darstellung wiederzugeben sucht, die Nacherzählung von Gretel und Wolfgang Hecht, die 1969 im Insel Verlag erschienen ist. Fraglos steht sie uns in ihrer unaufdringlichen Sachlichkeit heute näher als die Version der Jahrhundertwende, aber eine Bearbeitung bleibt auch sie: sie nimmt sich das Recht, das Nibelungenlied in seiner historisch notwendigen Widersprüchlichkeit gleichsam dadurch zu korrigieren, daß sie – unter Zuhilfenahme anderer Quellen – eine in sich stimmige Nibelungensage zu rekonstruieren versucht, die es in dieser Form nie gegeben hat: auch hier wird das Höfische weitgehend eliminiert, die einförmige Szenerie und Sprache verlebendigt, die Kampfschilderungen humanisiert, angeblich spätere Zutaten beseitigt, blinde Motive vermieden, jüngeres Rankenwerk nach Möglichkeit beschnitten.

Es fiele sicherlich nicht schwer, würde aber an dieser Stelle zu weit führen, wollte man auch diese Veränderungen als zeitbedingte Bearbeitungstendenzen erweisen und dadurch noch einmal nachdrücklich unterstreichen, daß selbst eine so nüchterne, ›genaue‹ Nacherzählung die Zeitdifferenz nicht aufheben kann, die zwischen ihr und dem mittelalterlichen Nibelungenlied liegt. Genug, daß sie unseren heutigen Ansprüchen besser gerecht zu werden und einen Zugang zum alten Sagenstoff zu erschließen vermag.

(Das Nibelungenlied wird zitiert nach meiner Übersetzung in der Fischer-Bücherei Frankfurt/M. 1970 und 1971. Das Zitat auf S.12 aus Robert Schmutzler, Art Nouveau – Jugendstil, Stuttgart 1962, S.274; auf S.88 aus F. Keim, Gesammelte Werke München/Leipzig 1912). H. B.

DIE NIBELUNGEN

Nacherzählung
von Gretel und Wolfgang Hecht

Die Heldentaten des jungen Siegfried

In Xanten am Niederrhein herrschten vor Zeiten König Siegmund und Königin Siegelind. Sie hatten einen Sohn, Siegfried geheißen. Überall im Lande erzählte man von dem starken und schönen Königssohn aus Xanten, denn schon in jungen Jahren vollbrachte er manche Heldentat.

Eines Tages kam Siegfried zu einem Schmied, der Mime hieß und tief im Walde seine Werkstatt hatte. Eine Weile sah er zu, wie Meister Mime und seine Gesellen am Amboß standen und mit ihren schweren Hämmern auf das glühende Eisen schlugen, daß die Funken stoben, und dann sprach er zu Mime:

»Ich möchte auch das Schmiedehandwerk erlernen. Wollt Ihr es mich lehren, will ich gern bei Euch bleiben.«

Als Mime sah, daß Siegfried stark und groß gewachsen war, stimmte er zu und nahm ihn auf unter seine Schmiedeknechte. Am nächsten Morgen brachte er seinen neuen Lehrbuschen mit in die Werkstatt, um zu sehen, wie er sich bei der Arbeit anstellte. Er holte eine große Eisenstange und legte sie ins Feuer. Dann gab er Siegfried den schwersten Schmiedehammer in die Hand, nahm das glühende Eisen aus dem Feuer, legte es auf den Amboß und hieß Siegfried draufschlagen. Da schwang Siegfried den Hammer, und gleich sein erster Schlag war so gewaltig, daß er den Amboß tief in die Erde trieb und das Eisen samt der Zange, die Mime in beiden Händen hielt, wie morsches Holz zerbrachen.

Die Schmiedegesellen machten große Augen, und Mime sprach:

»Noch nie sah ich einen Menschen so gewaltig zuschlagen. Zum Schmiedehandwerk wirst du nie taugen.«

Siegfried jedoch bat, es noch einmal mit ihm zu versuchen, so daß Mime schließlich nachgab und Siegfried behielt. Bald aber bereute er, daß er Siegfried nicht doch weggeschickt hatte, denn der

fing mit allen Schmiedegesellen Streit an, und keiner wollte mehr mit ihm arbeiten. Sie beschwerten sich bei Mime und drohten, die Schmiede zu verlassen, wenn Siegfried noch länger bliebe.
Da beschloß Mime, Siegfried umzubringen, und er dachte bei sich: ›Ich will Siegfried zum Kohlenbrennen in den Wald schicken und ihm einen Weg zeigen, der zum Drachenpfuhl führt, wo der Lindwurm haust. Dann wird er bestimmt niemals wieder hierher zurückkehren.‹
Siegfried ahnte nichts Böses, als Mime ihm den Auftrag gab, in den Wald zu gehen und Kohlen zu brennen. Er zog los und kam bald zu dem Weg, den Mime ihm beschrieben hatte. Da begann er Bäume umzuhauen, trug sie auf einen großen Haufen und zündete ein Feuer an, um Holzkohle zu brennen. Als er sich jedoch auf einen Baumstumpf gesetzt hatte, um von der Arbeit auszuruhen, wälzte sich der Lindwurm heran, ein riesiges Ungeheuer mit einem Rachen, so groß, daß es einen Menschen mit Haut und Haar verschlingen konnte. Siegfried sah das Ungetüm, das schon gierig nach ihm schnappte, sprang auf, riß einen Baum aus dem Feuer und schlug mit aller Kraft auf den Drachen los. Schlag auf Schlag versetzte er ihm, bis das Untier tot war und das Blut in einem dicken Strahl herausschoß. Siegfried steckte den Finger in das dampfende Drachenblut, und siehe da, der Finger war von einer festen Hornhaut überzogen, daß kein Schwert ihn ritzen konnte. Da warf Siegfried rasch seine Kleider ab und bestrich sich von oben bis unten mit dem Drachenblut, so daß seine Haut hörnern wurde bis auf eine kleine Stelle im Rücken zwischen den Schultern, wo ein Lindenblatt hingefallen war. Dann legte er seine Kleider wieder an und machte sich auf den Weg nach Hause zur väterlichen Burg.
Lange aber hielt es ihn dort nicht, immer wieder zog er hinaus, um Abenteuer zu suchen. Einmal ritt er durch einen dunklen Wald

und kam an einen Berg. Da sah er, wie Männer einen riesigen Schatz aus dem Berge holten. Noch nie hatte er so viel Gold und Edelsteine gesehen, wohl hundert Wagen hätten nicht ausgereicht, die Fülle zu tragen. Es war der Hort der Nibelungen, den die Könige Nibelung und Schilbung unter sich aufteilen wollten.
Als Siegfried näher geritten kam, erkannten ihn die Könige. Sie grüßten ihn freundlich und baten ihn, den Hort unter ihnen zu teilen, denn sie könnten sich nicht einigen. Zum Lohn wollten sie ihm das Schwert Balmung schenken. Für solchen Preis war Siegfried gern bereit, den Wunsch der Könige zu erfüllen. Man reichte ihm das Schwert, und Siegfried begann, alles Gold aufzuteilen. Aber er konnte es den beiden Königen nicht recht machen, jeder glaubte, bei der Teilung zu kurz gekommen zu sein. Gemeinsam mit ihren Recken fielen sie über Siegfried her. Doch sie waren ihm nicht gewachsen, er erschlug sie alle mit dem Schwerte Balmung.
Das sah Alberich, der zauberkundige Zwerg. Um den Tod der Könige zu rächen, hängte er seine Tarnkappe um, die ihn unsichtbar machte und ihm zugleich die Stärke von zwölf Männern gab, und griff Siegfried an. Der wehrte sich aus Leibeskräften und mühte sich lange vergeblich, den Unsichtbaren zu packen. Endlich aber gelang es ihm doch, Alberich die Tarnkappe abzureißen und ihn zu überwinden.
So hatte Siegfried alle, die gegen ihn zu kämpfen gewagt hatten, erschlagen oder besiegt, und nun war er der Herr über das Nibelungenland und den Nibelungenhort. Er befahl, den Schatz wieder in den Berg zurückzubringen, und nachdem Alberich Treue geschworen hatte, setzte Siegfried ihn zum Hüter über den Hort.

Siegfried in Worms

Zur selben Zeit herrschten im Lande der Burgunden drei Könige: die Brüder Gunther, Gernot und Giselher. Sie waren König Dankwarts Söhne, der ihnen das Land als Erbe hinterlassen hatte. Ihre Mutter hieß Ute, ihre Schwester Kriemhild. Die war so schön, daß man weit und breit kein schöneres Mädchen finden konnte. Die Könige sorgten für sie und beschützten sie.
Ihren Herrschersitz hatten die Burgundenkönige zu Worms am Rhein. Die kühnsten Helden gehörten zu ihrem Gefolge, allen voran Hagen von Tronje und sein Bruder Dankwart, Ortwin von Metz und die Markgrafen Gere und Eckewart, auch Volker von Alzey, der kühne Spielmann, Rumold, der Küchenmeister, Sindold, der Mundschenk, und Hunold, der Kämmerer.
Eines Nachts träumte Kriemhild, daß sie einen schönen wilden Falken zähmte, den vor ihren Augen zwei Adler mit ihren Klauen zerrissen. Davon wurde ihr das Herz so schwer, daß sie den Traum ihrer Mutter erzählte. Frau Ute deutete ihr den Traum und antwortete: »Der Falke, den du zähmtest, das ist ein edler Mann. Du wirst ihn gewinnen und bald wieder verlieren.«
»Sprecht mir nicht von einem Mann, liebe Mutter«, fiel Kriemhild ein, »mein Leben lang will ich keinen Mann lieben, ich will bis zu meinem Tod schön bleiben wie jetzt und nicht Leid und Kummer durch die Liebe eines Mannes erdulden.«
Also verbannte Kriemhild die Liebe aus ihrem Sinn, und sie lebte viele Jahre, ohne daß ihr Herz von einem Manne wußte.
Bis nach Xanten drang die Kunde von der schönen Königstochter aus Worms, die alle Helden, die um sie warben, abwies. Auch Siegfried hörte von Kriemhild erzählen. Er beschloß, um ihre Liebe zu werben, und sprach zu seinen Verwandten und Getreuen:

»Keine andere als die schöne Kriemhild aus dem Burgundenland will ich zur Frau nehmen.«
König Siegmund und Königin Siegelind waren erschrocken, als sie das hörten. Sie versuchten, Siegfried von seinem Plane abzubringen, er aber entgegnete: »Wenn ich um Kriemhild nicht werben darf, dann will ich mein Leben lang unvermählt bleiben.«
»Wenn dir Kriemhild so sehr am Herzen liegt, dann will ich dir helfen, sie zu gewinnen«, antwortete der König, »nur mußt du wissen, daß König Gunther hochmütige Recken an seinem Hofe hat. Denk nur an Hagen von Tronje. Ich fürchte, wir ernten nichts als Verdruß, wenn wir um das schöne Mädchen werben.«
»Was soll uns das bekümmern?« entgegnete Siegfried. »Was sie mir nicht gutwillig geben, das werde ich mir mit dem Schwert erzwingen.«
Da erschrak der König noch mehr, und warnend sagte er: »Sprich nicht so unüberlegt. Wenn man in Worms deine Worte erfährt, so werden sie dich kaum in ihr Land lassen. Ich kenne König Gunther. Mit Gewalt kann niemand Kriemhild gewinnen. Willst du es aber versuchen, dann werde ich alle meine Recken aufbieten, daß sie dich begleiten.«
»Nein«, erwiderte Siegfried, »mit Heeresmacht will ich Kriemhilds Hand nicht erzwingen. Ich kann wohl allein um sie werben. Nur bitte ich, mir zwölf Begleiter mitzugeben.«
Damit war der König zufrieden, und er befahl, daß für Siegfried und seine zwölf Mannen kostbare Kleider genäht würden, und er ließ die besten Rüstungen und Waffen, dazu die schönsten Pferde für sie aussuchen.
Doch als der Tag des Abschieds herankam, waren der König und die Königin traurig, denn sie fürchteten für das Leben ihres Sohnes, und nur schweren Herzens ließen sie ihn ziehen.
Nach sieben Tagen ritt Siegfried mit seiner Schar in Worms ein,

und sie lenkten ihre Pferde zur Königsburg. Staunend lief das Volk zusammen, denn so stolze Helden hatte man dort noch nie gesehen. Unterdessen war Gunther die Ankunft der Recken gemeldet worden. Gern hätte er Namen und Herkunft der Fremden gewußt, aber niemand konnte sie ihm sagen.

»Sendet nach Hagen von Tronje, meinem Oheim«, sprach Ortwin von Metz zum König, »er ist in vielen Ländern gewesen. Gewiß wird er auch die Namen dieser fremden Recken kennen.«

Rasch wurde Hagen herbeigerufen, und als er hörte, was der König von ihm begehrte, trat er ans Fenster und musterte Siegfried und seine Mannen unten im Burghof. Dann drehte er sich um und sagte zu Gunther:

»Noch nie begegnete ich diesen Recken, doch müssen sie entweder selbst Fürsten sein oder doch wenigstens Fürstenboten, so kostbar sind ihre Kleider, so schön ihre Pferde. Zwar habe ich Siegfried von Niederland nie gesehen, doch wenn ich jenen Helden dort anschaue, der so stolz inmitten der anderen steht, so möchte ich wohl glauben, daß er Siegfried ist. Und wenn Ihr meinen Rat hören wollt, so empfangt ihn mit allen Ehren, denn viele Heldentaten hat er schon vollbracht, den Lindwurm getötet und den Nibelungenhort erobert. Und es ist immer gut, einen so starken Helden zum Freund zu haben.«

»Das ist wahr«, entgegnete Gunther, »laßt uns deshalb Siegfried bis in den Hof entgegengehen.«

»Einen so ehrenvollen Empfang dürft Ihr ihm wohl gewähren«, sprach Hagen. »Siegfried ist ein Königssohn aus edelstem Geschlecht. Und gewiß ist es nichts Geringes, was ihn ins Burgundenland führt.«

Also ging König Gunther, begleitet von seinen Brüdern und allen seinen Getreuen, hinab in den Hof, um den Gast willkommen zu heißen.

Nachdem Siegfried für den ehrenvollen Empfang gedankt hatte, begann König Gunther: »Gern hätte ich erfahren, was Euch nach Worms geführt hat.«

»Das will ich Euch sagen«, sprach Siegfried. »Daheim hörte ich immer wieder erzählen, daß in Eurem Lande die stärksten Recken zu finden wären und daß Ihr selbst kühner seid als alle Könige. Ob das wahr ist, will ich jetzt erproben. Auch auf mich wartet eine Königskrone. Aber ich will mir mein Königreich lieber mit dem Schwert erobern. Ich bin entschlossen, mit Euch zu kämpfen, König Gunther, um mir das Burgundenland untertan zu machen.«

Sprachlos standen Gunthers Recken, als sie diese freche Herausforderung hörten, und Zorn blitzte in ihren Augen. Noch aber fragte der König ruhig: »Wie käme ich dazu, das Land aufs Spiel zu setzen, das schon mein Vater besaß?«

»Dennoch bleibe ich dabei«, erwiderte Siegfried. »Wenn Ihr nicht stark genug seid, mich zu besiegen, dann soll mir Euer Land gehören. Siegt Ihr aber, so will ich Euch mein Erbe überlassen.« Und er wiederholte noch einmal: »Der Sieger soll König werden über Xanten und Burgund.«

Doch Gernot widersetzte sich solcher Rede: »Wir haben nicht die Absicht, unser Land zu vergrößern, wenn deshalb ein Held sterben müßte.«

Ortwin von Metz aber gefiel diese friedliche Antwort wenig. »Siegfried hat Euch ohne Grund zum Kampf herausgefordert! Was gibt es da noch zu reden! Glaubt mir, ich würde mich ihm ganz allein entgegenwerfen und ihm seine Überheblichkeit heimzahlen, selbst wenn er mit einem ganzen Heer gezogen käme.«

»Wage es nicht, die Hand gegen mich zu erheben«, versetzte Siegfried scharf. »Du vergißt, daß ich ein König bin, du aber nur ein Lehensmann. Zwölf Männer deinesgleichen können im Kampf gegen mich nicht bestehen.«

Diese Worte reizten Ortwin noch mehr, und voller Wut rief er nach seinem Schwert, doch Gernot fiel ihm in den Arm und sprach beschwichtigend auf ihn ein.
»Siegfried hat nichts getan, was wir nicht in Ehren schlichten könnten. Es wäre besser, wir gewännen ihn zum Freund.«
Dann verbot er allen Recken, Siegfried weiterhin zu reizen, und an Siegfried gewandt, fuhr er fort: »Was nützt uns ein Streit? Sicher fänden viele Helden den Tod, aber das brächte uns wenig Ehre und Euch wenig Gewinn. Deshalb heiße ich Euch und Eure Mannen nochmals willkommen in unserem Land.«
Auch Siegfried besann sich, und der Gedanke an Kriemhild, um derentwillen er nach Worms gekommen war, verscheuchte seinen Zorn. So wurde der Frieden wiederhergestellt.
Bald war Siegfried am Hofe König Gunthers ein gern gesehener Gast, und wenn die Könige und die Recken im Kampfspiel ihre Kräfte maßen, übertraf er sie alle, ob sie nun den Stein warfen oder den Speer schossen. Doch so gastfreundlich man ihm auch begegenete, nie bekam er Kriemhild zu Gesicht. Sie jedoch hatte Siegfried längst gesehen, denn seit er sich mit den anderen im Burghof im Waffenspiel übte, saß sie oft stundenlang am Fenster und schaute zu. Keine andere Kurzweil konnte sie seit dieser Zeit mehr verlocken.

Der Sachsenkrieg

Eines Tages erschienen in Worms Sendboten von Lüdegast und Lüdeger, den Königen von Dänemark und Sachsen, um den Burgunden den Krieg zu erklären. Gunther erschrak sehr über diese Nachricht, denn sein Heer war nicht gerüstet, und selbst Hagen erschien es unmöglich, in kurzer Zeit alle Getreuen der Burgundenkönige zur Verteidigung des Landes zusammenzurufen.

Siegfried bemerkte Gunthers Sorgen bald, trat zu ihm und sprach: »Was bedrückt Euch, König Gunther? Laßt es mich wissen, damit ich Euch helfen kann.«
Kaum hatte er vernommen, daß den Burgunden ein Krieg drohte, rief er aus: »Macht Euch deshalb keine großen Sorgen und verlaßt Euch ganz auf mich. Gebt mir tausend Eurer Mannen und laßt Hagen und Ortwin, Dankwart, Sindold und Volker mitreiten. Mit ihnen will ich den Feinden entgegenziehen und sie in ihrem eigenen Land besiegen.«
Gern nahm Gunther die Hilfe an, und er tat alles, was Siegfried ihm geraten hatte. Schon nach wenigen Tagen zog das kleine Heer davon und fiel in das Sachsenland ein. Als sie die Grenze überschritten hatten, gebot Siegfried haltzumachen und ritt allein voraus, um nach dem Heer der Feinde Ausschau zu halten. Er war noch nicht weit geritten, da sah er das feindliche Heer auf einer Ebene vor sich lagern. Es mochten etwa vierzigtausend Mann sein. Zugleich bemerkte er einen feindlichen Reiter in goldglänzender Rüstung, der ebenfalls als Späher ausgeritten war. Fast gleichzeitig hatten sie einander gesehen, und augenblicklich legten sie die Speere ein, gaben ihren Pferden die Sporen und sprengten aufeinander los. Der Fremde wehrte sich tapfer, aber den Schwerthieben Siegfrieds war er nicht gewachsen, und so mußte er sich – wollte er nicht das Leben verlieren – gefangengeben, denn er blutete aus schweren Wunden. Es war der Dänenkönig Lüdegast selbst, der Siegfried in die Hände gefallen war. Lüdegasts Mannen hatten den Kampf beobachtet und wollten ihrem König zu Hilfe kommen. Ein Schwarm von dreißig Recken fiel über Siegfried her, doch er erschlug sie alle. Nur einen ließ er entkommen, daß er die Kunde von der Gefangennahme des Königs ins dänische Heerlager brächte. Dann ritt Siegfried mit seinem königlichen Gefangenen zurück und übergab ihn der sicheren Hut Hagens.

Am gleichen Tag noch führte Siegfried das burgundische Heer gegen den Feind. Zwar waren die Sachsen und Dänen weit in der Überzahl, aber sie mußten schließlich doch zurückweichen, so tapfer sie auch stritten. König Lüdeger befahl seinem Heer, den Kampf einzustellen, und er rief: »Legt die Waffen nieder! Gegen Siegfried können wir nicht gewinnen.«
Auch König Lüdeger wurde gefangengenommen und mußte den Burgunden als Geisel nach Worms folgen. Der Kampf war zu Ende. Gleich schickte Gernot Siegesboten nach Worms. Große Freude herrschte an König Gunthers Hof, als die Boten berichteten, daß die Burgunden einen glänzenden Sieg erfochten hatten. Heimlich ließ auch Kriemhild die Boten zu sich kommen, um sie auszufragen über den Verlauf der Heerfahrt. Der Bote sagte:
»Die burgundischen Recken haben sich tapfer geschlagen. Doch keiner kämpfte so tapfer wie Siegfried von Niederland. Ihm allein verdanken wir den Sieg.«
Nichts hätte Kriemhild lieber gehört als diese Worte, und sie sprach zu dem Boten: »Du hast mir gute Nachricht gebracht. Zum Lohn sollst du ein kostbares Gewand und zehn Mark Gold erhalten.«
Bald kehrten die siegreichen Burgunden nach Worms zurück und wurden jubelnd empfangen. Auch die gefangenen Könige begrüßte Gunther.
»Bewegt euch frei in meiner Stadt«, sprach er, »doch leistet mir Bürgschaft, daß ihr nicht entfliehen werdet.«
Das gelobten Lüdeger und Lüdegast, und nun rief Gunther seine Getreuen zusammen, um mit ihnen zu beraten, wie man den Sieg feiern solle.
»Ich rate Euch«, sprach Gernot, »daß wir in sechs Wochen ein großes Siegesfest feiern, denn bis dahin werden die Verwundeten geheilt sein.«

Damit waren alle einverstanden, und so geschah es. Auch Siegfried blieb in Worms, denn er hoffte die schöne Kriemhild doch noch zu sehen. Inzwischen wurde alles für das Fest vorbereitet. Handwerker schlugen Zelte auf am Ufer des Rheins, denn viele Gäste sollten kommen.

Auch die Frauen waren nicht müßig. Sie holten Schmuck und Kleider aus den Truhen, und Frau Ute befahl, Festgewänder zu nähen, damit man den Gästen würdige Geschenke machen könne.

So verging die Zeit rasch, und bald ritten die ersten Gäste in die Königsburg von Worms, willkommen geheißen von Gernot und Giselher. Alle Hände voll hatten sie dabei zu tun, denn als das Fest begann, waren mehr als fünfzigtausend Gäste versammelt. Da trat Ortwin von Metz zu König Gunther und sprach:

»Wenn das Siegesfest so glänzend werden soll, wie es Eurem Rang geziemt, so gestattet, daß auch die Frauen des Hofes daran teilnehmen, und erlaubt Eurer Schwester Kriemhild, sich bei dem Fest zu zeigen.«

»Gern will ich diese Bitte erfüllen«, erwiderte Gunther, und sogleich sandte er nach Frau Ute und ließ sie zusammen mit Kriemhild zum Fest bitten. Nachdem Kriemhild und alle ihre Mädchen sich geschmückt hatten mit ihren schönsten Kleidern, verließen sie die Kemenate, und hundert Recken begleiteten sie zum Fest. Keiner wartete ungeduldiger auf das Erscheinen der Königstochter als Siegfried, denn allein um ihretwillen war er nach Worms gekommen. Als Kriemhild den Saal betrat, stand Siegfried wie geblendet von soviel Schönheit, und er dachte bei sich:

›Wie konnte ich nur hoffen, deine Liebe zu gewinnen? Es ist ein eitler Traum, unerreichbar bist du mir. Sollte ich dich aber meiden, so wäre ich lieber tot.‹

Inzwischen hatte sich Gernot an seinen Bruder Gunther gewandt:

»Niemand tat Euch größere Dienste in diesem Krieg als Siegfried, deshalb rate ich, daß Ihr ihn besonders ehrt und unsere Schwester bittet, ihn zu begrüßen. Noch nie hat sie das einem Manne gewährt, deshalb wird die Ehre für Siegfried um so größer sein, und er wird uns immer in Treue verbunden bleiben.«

Mit Freuden war Gunther dazu bereit.

Zum ersten Male stand nun der stolze Siegfried vor der schönen Königstochter, und glühendes Rot übergoß sein Gesicht, als sie ihn mit freundlichem Gruße ansprach. Dann faßte Kriemhild seine Hand, und sie schritten nebeneinander durch den Saal. Und während alle Gäste bewundernd dem Paar nachblickten, sahen beide, wenn auch nur verstohlen, einander in die Augen. Zwölf Tage währte König Gunthers Fest, und jeden Tag konnte man nun Siegfried an Kriemhilds Seite sehen.

Als das Fest zu Ende ging und die Gäste reichbeschenkt nach Hause ritten, kamen auch Lüdeger und Lüdegast zu Gunther und baten ihn, sie freizulassen. Der König ging zu Siegfried und fragte ihn:

»Was ratet Ihr mir? Unsere Gefangenen aus Dänemark und Sachsenland wollen Frieden schwören. Sie bieten mir so viel Gold, wie fünfhundert Pferde tragen können, wenn ich ihnen die Freiheit zurückgebe.«

»Wollt Ihr auf meinen Rat hören«, entgegnete Siegfried, »so laßt sie ohne Lösegeld ziehen und fordert nichts als den Schwur, nie wieder Euer Land mit Krieg zu bedrohen.«

»Dem Rat will ich folgen«, sprach Gunther.

Jetzt rüstete auch Siegfried zur Heimkehr nach Xanten, denn noch immer wagte er nicht, um Kriemhild zu werben. Giselher aber gelang es, ihm die Abreise auszureden:

»Gefällt es Euch nicht mehr am Hof zu Worms? Bleibt doch, ich bitte Euch, bei König Gunther und seinen Recken. Die Frauen an unserem Hof würden trauern, wenn Ihr uns verließet.«

Schnell war Siegfried umgestimmt. »Laßt die Pferde im Stall«, rief er, »ich bleibe hier!«
So blieb Siegfried am Burgundenhof, und täglich sah er die schöne Kriemhild.

König Gunthers Brautwerbung

Im fernen Island, auf der Burg Isenstein, herrschte die Königin Brünhild. Sie war so schön, und ihre Kraft war so groß, daß ihr keine andere Königin gleichkam. Wer sie zur Frau begehrte, mußte sie zuvor im Speerschießen, im Steinwerfen und im Weitspringen besiegen, und unterlag er, so verlor er sein Leben. Schon mancher Held hatte die Fahrt zum Isenstein gewagt, aber keiner war zurückgekehrt.
Von dieser Königin hörte König Gunther erzählen, und er sprach: »Ich will über das Meer nach Island fahren und um Brünhild werben, und sollte es auch mein Leben kosten.«
»Ich rate dir von der Fahrt ab«, entgegnete ihm Siegfried, »denn Brünhild hat bisher jeden, der um sie warb, im Wettkampf besiegt und töten lassen.«
»Wenn Siegfried so gut über Brünhild Bescheid weiß«, fiel Hagen ein, »so bittet ihn doch, an der Fahrt teilzunehmen und Euch zu helfen.«
Der Vorschlag gefiel Gunther, und er wandte sich an Siegfried: »Willst du mir helfen, Brünhild zu gewinnen?« fragte er. »Immer will ich dir danken und Ehre, Leib und Leben für dich einsetzen.«
Siegfried zögerte nicht mit seiner Antwort: »Ich bin bereit, dir zu helfen, wenn du mir deine Schwester Kriemhild zur Frau gibst.«
Das versprach ihm Gunther durch Handschlag, und er sagte: »Kommt die schöne Brünhild als Königin hierher nach Worms, dann soll meine Schwester deine Frau werden.«

König Gunther wäre am liebsten mit dreißigtausend Recken nach Island gefahren. Siegfried aber gab einen besseren Rat:
»Viele Recken würden uns auf der Fahrt nichts nützen. Nur zu viert sollten wir die Reise unternehmen. Du, ich, Hagen von Tronje und Dankwart. Um an Brünhilds Hof mit Ehren zu bestehen, müssen wir uns jedoch so kostbar wie nur möglich kleiden. Bitte deshalb deine Schwester, uns Kleider zu nähen, die eines Königs würdig sind.«
Siegfrieds Plan wurde von allen gutgeheißen, und König Gunther gab eiligst Befehl, alles für die Reise vorzubereiten. Während Kriemhild mit ihren Mägden die schönsten Gewänder nähte, zimmerten die Schiffsleute am Ufer des Rheins ein kleines, aber festes Schiff, das die vier Recken zum Isenstein bringen sollte. Schon nach kurzer Zeit war alles fertig. Als der Tag der Abreise herankam, weinte Kriemhild und sprach:
»Ach, lieber Bruder, Ihr hättet auch hier in der Nähe eine Königstochter finden können, die Eurer würdig ist, und brauchtet jetzt nicht nach Island zu fahren und Euer Leben in Gefahr zu bringen.« Und zu Siegfried gewandt, fuhr sie fort: »Edler Siegfried, ich bitte Euch sehr, schützt meinen Bruder.«
Das versprach ihr Siegfried feierlich in die Hand. Nun brachte man die Pferde, die gold- und silberglänzenden Waffen und die kostbaren Kleider herbei, und die vier Helden bestiegen das Schiff. Siegfried ergriff die Ruderstangen, stieß mit kräftigem Schwung vom Land ab, ein sanfter Wind blähte die Segel und trug das Schiff davon. Am zwölften Tag ihrer Reise kam Land in Sicht, und sie sahen eine mächtige Burg vor sich liegen. König Gunther fragte erstaunt:
»Wo sind wir? Wem gehört diese stolze Burg?«
»Das ist der Isenstein, Brünhilds Burg«, antwortete Siegfried. »Wir sind am Ziel unserer Fahrt. Einen Rat will ich euch noch geben:

wenn wir mit Brünhild sprechen, dann sagt alle, König Gunther sei mein Lehnsherr und ich sein Lehensmann, dann wird uns alles gelingen, was König Gunther wünscht.«

Und er setzte hinzu: »Ich gebe mich jedoch nur um deiner Schwester willen für deinen Lehensmann aus, ich tue das, damit sie meine Frau wird.«

Dann lenkten sie das Schiff in den Hafen.

Inzwischen hatte man in der Burg Isenstein das Schiff bemerkt, und die Mädchen liefen zum Fenster, um die Fremden zu sehen. Auch Brünhild trat zu ihnen und schaute zum Ufer, und da sah sie, wie Siegfried König Gunthers Pferd aus dem Schiff zog und es am Zaume hielt, bis der König im Sattel saß. Dann erst holte er sein eigenes Pferd und bestieg es.

Noch nie hatten die Mädchen so stolze Recken gesehen. Gunther und Siegfried waren schneeweiß gekleidet und saßen auf ebenso weißen Pferden, Sättel und Zaumzeug glänzten von Gold und edlen Steinen, sie trugen glänzende Schilde, neugeschliffene Speere und lange Schwerter. Rabenschwarz, aber nicht weniger prächtig gekleidet waren Dankwart und Hagen. Die vier Helden ließen ihr Schiff am Ufer zurück und ritten zur Burg. Brünhilds Mannen kamen ihnen entgegengelaufen, um sie zu empfangen, und sie baten sie, auch die Waffen abzugeben.

»Unsere Waffen tragen wir lieber selbst«, sprach Hagen finster, und erst als Siegfried ihm sagte, es sei in Brünhilds Burg Sitte, daß kein Fremder Waffen trage, fügte er sich murrend. Dann reichte man den Helden den Willkommenstrunk, und ein Bote meldete der Königin die Ankunft der Fremden.

Als Brünhild mit ihrem Gefolge von hundert Jungfrauen und mehr als fünfhundert wohlgerüsteten Recken den Saal betrat, erhoben sich die Gäste von den Sitzen und grüßten sie ehrerbietig. Brünhild wendete sich zuerst an Siegfried und sprach:

»Seid willkommen in meinem Land, Siegfried. Was führt Euch hierher?«

»Nicht mir gebührt der erste Gruß«, entgegnete Siegfried, »sondern meinem Herrn, dem König Gunther aus Burgundenland, der gekommen ist, um Eure Liebe zu gewinnen.«

»Wenn er dein Herr ist und du bist sein Lehensmann, dann soll er sich nur gleich zum Kampfspiel rüsten. Den Stein soll er werfen und ihm nachspringen, und auch den Speer wollen wir um die Wette schießen. Bleibt er Sieger, so will ich ihm folgen und seine Frau werden. Wenn aber ich gewinne, so geht es euch allen ans Leben.«

Gunther antwortete nicht sogleich, da trat Siegfried zu ihm und flüsterte: »Sei ohne Furcht. Mit meinen Listen will ich dir helfen und dich vor der starken Königin behüten.«

»Herrin«, sprach Gunther jetzt, »ich nehme jede Bedingung an, und sei sie noch so schwer. Um Euch zu gewinnen, wage ich alles. Und kann ich Euch nicht besiegen, so will ich gern mein Leben hingeben.«

»Dann wollen wir keine Zeit verlieren«, erwiderte Brünhild und befahl, ihre Rüstung und ihre Waffen herbeizuholen, denn der Wettkampf sollte sofort beginnen.

Unterdessen schlich sich Siegfried unbemerkt zum Schiff, wo er die Tarnkappe versteckt hatte, die ihm einst der Zwerg Alberich nach hartem Kampf lassen mußte. Schnell hängte er sich den Zaubermantel um, und ohne daß ihn jemand sehen konnte, lief er zum Kampfplatz zurück. Schon brachte man Brünhilds Waffen. Den goldglänzenden Schild mußten vier Diener tragen, so schwer war er, weitere drei trugen ihren Speer und konnten ihn kaum fortbringen, und schließlich schleppten zwölf Männer mit vieler Mühe den riesigen Stein herbei. Hagen und Dankwart bangten um das Leben König Gunthers, als sie die Waffen Brünhilds sahen,

und auch Gunther sank der Mut. Da spürte er, wie jemand seine Hand berührte, doch konnte er niemand neben sich sehen. An seinem Ohr aber flüsterte es:
»Ich bins, Siegfried. Sei ohne Sorge, Brünhild wird dich nicht besiegen. Gib mir den Schild und achte genau auf das, was ich dir sage. Mache du nur die richtigen Gebärden, die Taten will ich schon vollbringen. Doch hüte dich, meine List zu verraten.«
Erleichtert atmete Gunther auf. Jetzt hob Brünhild den Speer und schoß ihn mit aller Kraft auf den Schild, den Siegfrieds Hand hielt. Gewaltig war der Wurf, die scharfe, schwere Waffe durchschlug Gunthers Schild, Gunther wankte, aber er stürzte nicht, denn der unsichtbare Siegfried an seiner Seite hielt ihn fest. Obwohl Siegfried unter der Gewalt des Wurfes das Blut aus dem Munde hervorbrach, ergriff er den Speer, um ihn zurückzuwerfen.
›Ich will Brünhild nicht töten‹, dachte er und drehte den Speer um, die scharfe Spitze nach hinten. Mit ungeheurer Wucht traf der Speer die Königin, und sie stürzte zu Boden. Blitzschnell aber sprang sie wieder auf und rief:
»Das war ein guter Schuß, König Gunther.«
Wütend darüber, daß sie zum erstenmal in ihrem Leben überwunden worden war, trat Brünhild neben den schweren Stein, hob ihn hoch, schleuderte ihn mit aller Kraft zwölf Klafter weit und sprang in ihrer erzenen Brünne noch ein ganzes Stück darüber hinaus. Jetzt war Gunther an der Reihe. Er hob den mächtigen Block auf, Siegfried aber warf ihn. Noch weiter als Brünhild schleuderte er den Stein, und er sprang auch weiter als sie, obwohl er dabei noch König Gunther tragen mußte.
Der Wettkampf war zu Ende! Alle glaubten, König Gunther habe die Königin besiegt, denn er allein stand auf dem Kampfplatz, und niemand konnte etwas von dem unsichtbaren Helfer ahnen.
Hochrot vor Zorn rief Brünhild: »Kommt und hört, meine Ge-

treuen und Mannen. König Gunther ist im Kampf Sieger geblieben, ihm seid ihr von nun an untertan.«
Darauf faßte sie Gunthers Hand, und beide schritten in die große Halle der Burg. Dort ließ sie Gunther, Hagen und Dankwart aufs beste bewirten.
Währenddessen lief Siegfried wieder zum Schiff, versteckte die Tarnkappe und trat nun in den Saal. Er stellte sich, als wisse er von nichts, und fragte Gunther: »Worauf wartet Ihr noch, Herr? Warum beginnt der Wettkampf mit Königin Brünhild nicht?«
»Wie geht das zu?« fragte Brünhild. »Hast du als Lehensmann König Gunthers den Wettkämpfen nicht zugesehen, in denen Gunther mich besiegte?«
Hagen gab die Antwort:
»Als der Wettkampf stattfand, war Siegfried zu unserem Schiff gegangen, daher weiß er nichts von König Gunthers Sieg.«
»Die Nachricht höre ich gern«, rief Siegfried. »Jetzt werdet ihr mit uns an den Rhein fahren.«
»So schnell kann das nicht geschehen«, entgegnete Brünhild. »Zuvor muß ich meinen Verwandten und Getreuen berichten, was sich hier zutrug.«
Sie sandte Boten ins Land, die alle ihre Freunde und Verwandten samt ihren Mannen zum Isenstein einladen sollten. Und es dauerte gar nicht lange, da zogen von überallher Scharen von Recken in die Burg. Hagen schöpfte bald Verdacht, und er sagte:
»Wir müssen tatenlos zusehen, wie Brünhild eine gewaltige Heeresmacht um sich versammelt. Ich fürchte, sie hat Arges im Sinn, und unser Leben ist bedroht.«
»Das weiß ich zu verhüten«, beruhigte ihn Siegfried. »In kurzer Zeit will ich tausend der stärksten Recken zu unserer Hilfe herbeiholen. Fragt nicht nach mir, in wenigen Tagen bin ich zurück. Zu Brünhild sagt, König Gunther habe mich fortgesandt.«

In der Tarnkappe ging Siegfried zum Meer, dort fand er einen Kahn und fuhr damit los. Niemand sah den Schiffer, und man mußte glauben, der Wind habe das leichte Boot abgetrieben.
Nach einem Tag und einer Nacht langte Siegfried im Nibelungenland an und befahl seinem Statthalter, Zwerg Alberich, tausend der stärksten Recken zu bewaffnen und aufs beste zu kleiden, damit sie mit ihm ziehen könnten. Schnell erfüllte Alberich den Befehl, und ohne Säumen kehrte Siegfried mit seinem Heer zum Isenstein zurück.
Als Brünhild die Nibelungen, die sie für Gunthers Recken hielt, kommen sah, ergab sie sich in ihr Schicksal und weigerte sich nicht länger, mit Gunther nach Worms zu ziehen. Sie verteilte Gold und Silber unter ihre Diener und Frauen, setzte ihren Oheim als Statthalter über das Land ein und nahm Abschied von ihren Verwandten. Zweitausend Mann wählte sie zu ihrer Begleitung aus, dazu mehr als achtzig Frauen und hundert Mädchen. Auch die tausend Nibelungenrecken zogen mit an den Rhein. So war es eine stattliche Anzahl Schiffe, die vom Strande abstieß, und eine frische Brise trug sie rasch davon.

Die Hochzeit in Worms

Am neunten Tag der Reise ging Hagen zu Gunther und sagte: »Es wird jetzt höchste Zeit, daß wir einen Boten vorausschicken, der unsere Ankunft in Worms meldet.«
»Gewiß«, erwiderte Gunther, »und keinen besseren Boten wüßte ich als Euch selbst.«
»Ich bin kein guter Bote«, wehrte Hagen ab. »Laßt mich hier auf dem Schiff. Bittet lieber Siegfried, Euer Bote zu sein.«
Doch auch Siegfried hatte wenig Lust dazu, und erst als Gunther

ihm bedeutete, daß er damit Kriemhild erfreuen würde, war er bereit, die Botschaft Gunthers nach Worms zu bringen.
»Berichte meiner Mutter, meiner Schwester und meinen Brüdern, wie es uns auf dem Isenstein ergangen ist«, trug Gunther ihm auf, »vor allem aber bitte sie, alles für einen festlichen Empfang meiner Braut vorzubereiten.«
Siegfried versprach es, und begleitet von vierundzwanzig seiner Recken ritt er davon. Bald erreichten sie Worms. In Windeseile verbreitete sich die Nachricht: Siegfried ist gekommen, aber ohne König Gunther! Viele befürchteten, Gunther wäre getötet worden. Gernot und Giselher liefen rasch herbei und riefen Siegfried besorgt zu: »Seid willkommen, Siegfried, doch antwortet schnell, wo ist unser Bruder Gunther? Wir fürchten das Schlimmste.«
»Ihr sorgt euch ohne Grund«, entgegnete Siegfried. »Der König läßt euch und alle seine Getreuen grüßen. Er hat mich vorausgesandt, euch die Nachricht von unserer glücklichen Fahrt zu überbringen. Nun aber sorgt dafür, daß eure Mutter und eure Schwester mich schnell empfangen, damit sie hören, was König Gunther ihnen sagen läßt.«
Wenig später stand Siegfried vor Königin Ute und Kriemhild und begann zu sprechen: »König Gunther und seine Braut lassen euch durch mich ihre Grüße sagen und ihre baldige Ankunft melden. Der König bittet euch, alles für einen festlichen Empfang vorzubereiten.«
Kaum hatte Siegfried sein Botschaft ausgerichtet, begann überall in der Burg ein geschäftiges Treiben. Tag und Nacht dröhnten die Hammerschläge der Zimmerleute, denn Zelte, Tische und Bänke mußten am Ufer des Rheins aufgeschlagen werden. Schnelle Boten ritten in das Land, um Gunthers Verwandte und Getreue nach Worms einzuladen. In der Burg liefen Knechte und Mägde eilig hin und her, um alle Anweisungen des Marschalls, des Truch-

sesses und des Küchenmeisters zu erfüllen, und als schließlich die Wächter meldeten, daß die Schiffe sich nahten, war alles zum Empfang bereit.
Auf kostbargeschmückten Pferden ritten Königin Ute und Kriemhild den Ankommenden entgegen. Tausende Recken hatten sich am Ufer versammelt, um den König und seine Braut zu begrüßen. Als König Gunther das Schiff verließ, führte er Brünhild an der Hand. Kriemhild war vom Pferd gestiegen und ging ihnen entgegen, sie umarmte und küßte die Braut, wie es die Sitte gebot, und sprach: »Seid willkommen im Burgundenland.«
Auch Frau Ute trat herzu, küßte Brünhild und hieß sie herzlich willkommen. Lange währte es, bis die Heimkehrenden alle begrüßt hatten. Dann geleitete man die Frauen in einem prächtigen Zug zur Königsburg, wo in der großen Halle die reich gedeckten Tische der Gäste harrten. Brünhild ging an Gunthers Seite, und sie trug die Krone der Landesherrin.
Als Gunther sich eben zu Tische setzen wollte, trat Siegfried zu ihm und sprach: »Mein Wort ist eingelöst, nun halte auch du dein Versprechen. Du hast geschworen, mir deine Schwester zur Frau zu geben, wenn Brünhild als Königin in dies Land käme.«
»Du mahnst mich mit Recht«, entgegnete Gunther. Sogleich sandte er nach Kriemhild, und als sie vor ihm stand, redete er sie an: »Liebe Schwester, löse meinen Eid. Ich habe deine Hand einem edlen Helden versprochen, und ich bitte dich, ihn zum Manne zu nehmen.«
»Ihr braucht mich nicht zu bitten«, antwortete Kriemhild. »Was Ihr gebietet, lieber Bruder, will ich stets erfüllen, und gern folge ich dem, den Ihr mir zum Manne gebt.«
Da sprang Gunther auf und rief freudig: »So tretet ein in den Kreis der Zeugen, Kriemhild und Siegfried.«
Man fragte zuerst Kriemhild, ob sie Siegfried von Niederland zum

Manne haben wolle. Mädchenhaft scheu, doch allen deutlich vernehmbar bejahte sie diese Frage, und als auch Siegfried erklärt hatte, daß er Kriemhild zur Frau nehmen wolle, schloß er sie in die Arme und küßte sie vor aller Augen, wie es der Hochzeitsbrauch verlangte.

Der Bund war geschlossen, und die Gäste setzten sich zur Hochzeitstafel, um in fröhlicher Laune die Doppelhochzeit zu feiern. An der einen Seite der Tafel saßen König Gunther und Brünhild, auf dem Ehrensitz ihnen gegenüber Siegfried und Kriemhild. Als Gunther jedoch Brünhild anschaute, sah er, daß ihr die hellen Tränen übers Gesicht rannen. Erschrocken fragte er:

»Warum weint Ihr? Ihr hättet doch allen Grund zur Freude, denn heute seid Ihr die Königin der Burgunden geworden.«

»Wohl habe ich Grund zum Weinen«, sprach Brünhild, »denn Eure Schwester tut mir von Herzen leid. Wie sehr wird sie durch diese Heirat mit einem Lehensmann erniedrigt.«

»Schweigt jetzt davon«, erwiderte Gunther rasch, »zu gelegener Zeit will ich Euch sagen, warum ich Siegfried meine Schwester zur Frau gegeben habe.«

Aber Brünhild war mit dieser Antwort noch nicht zufrieden, so daß Gunther schließlich sagte: »Damit Ihr es wißt: Siegfried ist ein mächtiger König und besitzt ebenso viele Burgen und Länder wie ich. Es ist doch eine große Ehre, daß er sich meine Schwester zur Frau erwählt hat.«

Brünhild verstummte. Aber sie fragte sich: ›Was mag Siegfried bewogen haben, sich auf dem Isenstein als Gunthers Lehensmann auszugeben?‹

Sie ahnte, daß Gunther ihr nicht den wahren Grund gesagt hatte, warum er seine Schwester mit Siegfried vermählte, und ehe sie nicht die Wahrheit erfahren hatte, wollte sie seine Ehefrau nicht werden. Das war ihr fester Entschluß.

Wie ernst es ihr damit war, bekam Gunther bald zu spüren, denn statt mit ihm die Hochzeitsnacht zu feiern, band sie den König mit ihrem Gürtel an Händen und Füßen und hängte ihn die Nacht über an einen Haken in der Wand.

Gunther klagte Siegfried seine Not, und Siegfried erbot sich, in der nächsten Nacht, versteckt unter seiner Tarnkappe, die Widerspenstige zu bezwingen, und das gelang ihm auch nach hartem Kampf. Als Brünhild schließlich um ihr Leben bat, schlich Siegfried sich rasch davon, das Weitere dem König überlassend. Brünhild glaubte sich zum zweitenmal von Gunther besiegt, und ihr Trotz und ihre Kraft waren fortan gebrochen. Siegfried aber hatte Brünhild einen goldenen Ring vom Finger gezogen und ihr den Gürtel geraubt, ohne daß sie davon etwas bemerkt hatte. Zu keinem Menschen sprach er über das, was in dieser Nacht geschehen war. Jahre später jedoch gab er Kriemhild das Geheimnis preis und schenkte ihr Gürtel und Ring.

Zwei volle Wochen feierte man in Worms das Hochzeitsfest, dann erst verabschiedeten sich die Gäste und zogen reichbeschenkt von dannen. Auch Siegfried und Kriemhild nahmen Abschied, und mit großem Gefolge ritten sie nach Xanten. Freudig wurden sie hier empfangen. König Siegmund trug seinem Sohn die Herrschaft über das Land an, und Siegfried wurde König der Niederlande.

Zehn Jahre lang lebten Kriemhild und Siegfried in Glück und Ehren. Im zehnten Jahr ihrer Ehe gebar Kriemhild einen Sohn. Seinem Oheim zu Ehren nannten sie ihn Gunther. Zur gleichen Zeit brachte auch Brünhild in Worms einen Knaben zur Welt, und man gab ihm den Namen Siegfried.

All die Jahre über verdroß es Brünhild, daß Kriemhild so stolz war und daß Siegfried den Burgundenkönigen keinen Tribut zahlte.

›Warum duldet Gunther das?‹ dachte sie. ›Siegfried ist doch sein Lehensmann.‹

Die Ursache hätte sie gar zu gern gewußt, aber sie ließ ihre Gedanken nicht laut werden. Eines Tages jedoch bat sie König Gunther listig:

»Lade doch einmal Kriemhild und Siegfried nach Worms ein. Ich denke so oft an die schönen Tage unserer Hochzeit, als wir alle so fröhlich beieinandersaßen. Zu gern hätte ich beide einmal wiedergesehen.«

»Du verlangst Unmögliches«, sprach Gunther. »Wie könnten wir erwarten, daß Siegfried und Kriemhild nach Worms kommen. Sie wohnen viel zu fern von uns.«

»Aber Siegfried ist doch dein Lehensmann«, erwiderte die Königin, »und wenn sein Herr ihm etwas gebietet, kann er sich nicht weigern.«

Gunther lächelte nur, denn er wußte wohl, daß er Siegfried nichts befehlen konnte. Brünhild aber hörte nicht auf zu bitten, bis Gunther schließlich sprach: »Du hast es leicht zu bitten, denn auch ich wüßte nicht, welche Gäste ich lieber in meinem Lande sähe als Kriemhild und Siegfried. So will ich denn Boten zu ihnen schicken und sie einladen, das Sonnwendfest mit uns zu feiern.«

Markgraf Gere und dreißig Mannen wurden für den ehrenvollen Dienst auserwählt, und schon bald ritten sie davon, um das Königspaar zum Sonnwendfest nach Worms einzuladen.

Drei Wochen mußten sie Tag und Nacht reiten, ehe sie Siegfrieds Nibelungenburg in Norwegen erreichten. Schnell liefen einige

Diener zu Siegfried und Kriemhild und meldeten ihnen die Ankunft der Boten, die sie an ihren Kleidern gleich als burgundische Recken erkannt hatten. Kaum hörte Kriemhild diese Nachricht, da sprang sie schon auf und lief zum Fenster.
»Sieh doch«, rief sie Siegfried zu, »da steht Markgraf Gere mit seinen Recken. Gewiß bringen sie uns Botschaft von meinem Bruder Gunther.«
»Sie sollen uns alle willkommen sein«, sprach Siegfried und gab sogleich Befehl, die Gäste in den Saal zu geleiten.
Als Markgraf Gere eintrat, erhob sich Siegfried, ging ihm entgegen und grüßte ihn freundlich. Der Markgraf neigte sich vor Kriemhild, dann sprach er:
»König Gunther sendet mich zu Euch. Er und alle, die Euch verwandt und befreundet sind im Burgundenland, grüßen Euch.«
»Sagt schnell«, fiel ihm Siegfried ins Wort, »bedrohen Feinde die Burgundenkönige? Sie können auf meine Hilfe immer zählen.«
»Nicht zu Kampf und Krieg, sondern zu einem frohen Fest laden Euch König Gunther und Königin Brünhild. Sie bitten Euch, König Siegfried, und Euch, Königin Kriemhild, nach Worms zu kommen, sobald der Winter vorüber ist, und das Sonnwendfest mit ihnen zu feiern.«
Herzlich freute sich Kriemhild über die Botschaft, denn schon oft hatte das Heimweh sie gequält. Siegfried aber wollte sich erst noch bedenken, er bat Markgraf Gere und seine Recken, einige Tage als Gäste in seiner Burg zu verweilen.
Während die Boten sich ausruhten von der beschwerlichen Reise, rief Siegfried seine Getreuen zu sich, um mit ihnen zu beraten, ob er die Reise wagen solle oder nicht.
»König Gunther will ein großes Fest feiern. Er hat mich dazu eingeladen und bittet auch Kriemhild mitzukommen. Gern würde ich zu den Burgunden reiten, aber Worms liegt fern, und wie soll

Kriemhild die Mühsal der langen Reise ertragen? Ja, hätte Gunther zu einer Heerfahrt aufgerufen und mich um Hilfe gebeten, dann würde ich sofort aufbrechen, und wenn ich durch dreißig Länder reiten müßte.«

»Wenn Ihr der Einladung gern folgen wollt«, rieten ihm seine Getreuen, »so reitet mit tausend Recken nach Worms, dann werdet Ihr bei den Burgunden mit Ehren bestehen.«

Und König Siegmund setzte hinzu: »Wenn du einverstanden bist, will auch ich mit euch reiten samt hundert meiner Recken.«

»Wenn Ihr, lieber Vater, mit uns kommt, so bedenke ich mich nicht länger. In zwölf Tagen wollen wir an den Rhein aufbrechen.«

Man gab den Boten Bescheid, überreichte ihnen kostbare Geschenke und bat sie vorauszureiten, um in Worms die Ankunft der Gäste zu melden. Freudig vernahm Markgraf Gere die gute Nachricht, eilends befahl er, die Pferde zu satteln und heimwärts zu reiten.

Ungeduldig hatte man unterdessen in Worms die Rückkehr der Boten erwartet, und als Gere mit seinen Begleitern endlich kam, drängten sich alle herzu, um zu hören, was der Markgraf zu berichten hatte. Doch erst als er vor Gunther und Brünhild im Saale stand, begann er zu sprechen:

»Gute Botschaft bringe ich von Kriemhild und Siegfried. Sie senden euch allen Grüße und lassen euch sagen, daß sie zum Fest König Gunthers kommen werden.«

Und dann erzählten die Boten, wie gut man sie in Siegfrieds Burg aufgenommen hatte und wie reich sie zum Abschied beschenkt worden waren.

»Siegfried kann wohl reichlich schenken«, knurrte Hagen mürrisch, »er mag so alt werden wie er will, den Hort der Nibelungen hätte er auch dann noch nicht aufgebraucht. Mir wäre wahrlich lieber, wir hätten ihn bei uns im Burgundenland.«

Es dachte aber niemand daran, auf diese hämische Rede eine Antwort zu geben, vielmehr freuten sich alle auf die Ankunft der Gäste. Von früh bis spät waren die Diener des Königs auf den Beinen, um alles für das Fest zu richten. Endlich meldete man das Nahen der Gäste. Gunther und Brünhild ritten ihnen ein gutes Stück Weges entgegen, um sie zu begrüßen. Im festlichen Zuge, geleitet von reich gerüsteten Recken und schön gekleideten Frauen, zogen Kriemhild, Siegfried und der alte König Siegmund in Worms ein und wurden mit Jubel empfangen. Als man sich dann zur Tafel setzte, bemerkte Brünhild wieder mit Verwunderung, daß man Siegfried auch diesmal den Ehrenplatz anwies und daß auch alle seine Recken an der königlichen Tafel Platz nehmen durften.

›Wie seltsam‹, dachte sie, ›dieser Lehensmann tritt auf, als wäre er ein mächtiger Herrscher.‹

Kaum hatten die Gäste sich ausgeruht von der langen Reise, da begannen auch schon die Kampfspiele, und von den Fenstern aus schauten die Frauen den Recken zu. Bei solcher Kurzweil verging die Zeit wie im Fluge. Man hörte Posaunen, Trommeln und Flöten, dazu den hellen Klang der Waffen, und überall in der Stadt und in der Burg herrschte ein fröhliches Treiben. Zehn Tage lang trübte kein Wölkchen den heiteren Himmel des schönen Festes.

Dann aber brach der elfte Festtag an. Wieder versammelten sich im Burghof die Recken, um ihre Kräfte zu erproben. Auch Kriemhild und Brünhild hatten sich eingefunden, saßen beieinander und schauten den Kampfspielen zu, bis Kriemhild sich an Brünhild wandte und sprach:

»Sieh nur Siegfried, meinen Mann. Alle überragt er an Kraft, und wenn es danach ginge, müßte er wohl der Herrscher dieses Landes sein.«

»Wie sollte das zugehen?« fragte Brünhild verwundert. »Ja, wenn niemand anders lebte als er und du, dann möchte er wohl die Krone der Burgunden tragen. Solange aber König Gunther lebt, ist das nicht möglich.«

»Aber sieh doch nur«, sprach Kriemhild weiter, »wie stolz er bei den anderen steht, so wie es einem König ziemt. Wie glücklich bin ich, die Frau eines so edlen Helden zu sein.«

»Gewiß, dein Mann ist ein starker Recke, stattlich und schön. Und doch mußt du gestehn, daß dein Bruder Gunther ihn und alle anderen an Würde weit überragt«, gab Brünhild stolz zurück.

Kriemhild widersprach: »Warum sollte ich meinen Bruder höher stellen? Glaube mir, Siegfried ist Gunther an Würde ebenbürtig.«

»Nimm es mir nicht übel, was ich sagte«, versetzte Brünhild, »aber als Gunther mich auf dem Isenstein besiegte, sprach Siegfried selbst davon, daß er Lehensmann König Gunthers sei, deshalb halte ich ihn für meinen Untertan.«

Kriemhild erbleichte: »Das wäre schimpflich über alle Maßen! Doch es kann nicht wahr sein, nie hätten meine Brüder mich mit einem ihrer Lehensmannen verheiratet. Drum bitte ich dich, sprich so etwas nie wieder aus, denn damit kränkst du meine Ehre.«

»Warum soll ich nicht die Wahrheit sagen«, sprach Brünhild hochmütig, »Siegfried ist mir untertan und lehnspflichtig.«

Mit wachsendem Zorn hatte Kriemhild zugehört, nun aber rief sie: »Da kannst du lange warten, ehe Siegfried dir einen Dienst als Lehensmann erweist. Und den Zins wird er dir wohl immer schuldig bleiben. Wir wollen lieber aufhören, ich habe deinen Hochmut satt.«

»Nun ist es aber genug mit deiner Anmaßung!« gab Brünhild empört zurück. »Wir wollen doch sehen, ob man dich an diesem Hofe ebenso ehrt wie mich.«

»Ja, das wollen wir, und zwar sofort«, entgegnete Kriemhild stolz. »Du hast es gewagt, Siegfried zum Lehensmann zu erniedrigen.

Jetzt sollen alle sehen, wie ich vor König Gunthers Frau in den Dom zu gehen wage. Dann wirst du erfahren, wer von uns die Erste ist.«

»Wenn du mir nicht untertan sein willst, so halte dich mit deinen Frauen getrennt von meinem Gesinde, wenn wir zur Kirche gehen«, sprach Brünhild und erhob sich.

»Wahrlich, das will ich tun«, antwortete Kriemhild.

Geraden Weges begab sie sich in ihre Gemächer und befahl den Mädchen, ihre kostbarsten Kleider anzuziehen. Sie selbst schmückte sich königlich, und geleitet von dreiundvierzig Jungfrauen ging sie zur Kirche. Auch Siegfrieds Mannen schlossen sich dem glanzvollen Zuge an.

Als Kriemhild mit ihrem Gefolge kam, stand Brünhild mit ihren Frauen und Mannen bereits vor dem Münster und rief ihr in scharfem Tone zu:

»Bleib stehen und warte, bis ich hineingegangen bin. Der Königin gebührt der Vortritt vor der Frau eines Lehensmannes.«

Da flammte helle Wut in Kriemhild auf, sie rief zurück: »Du solltest lieber schweigen, das wäre klüger gehandelt. Denn wo hätte man je gehört, daß eine Frau, die sich einem Lehensmann hingibt, als Königin geehrt wird?«

»Wen meinst du damit?« fragte Brünhild und erblaßte.

»Dich meine ich!« sprach Kriemhild triumphierend. »Denn Siegfried war es, der dich in der Brautnacht als erster umarmte, nicht Gunther, mein Bruder. Dein Hochmut ist schuld, daß du mich zum Reden zwingst. Mit unserer Freundschaft aber ist es aus.«

Sprachlos stand Brünhild, als sie vor aller Ohren beschimpft wurde. Sie brach in Tränen aus, und erhobenen Hauptes schritt Kriemhild mit ihrem Gefolge vor ihr in den Dom.

Kaum konnte Brünhild das Ende der Messe erwarten, und als man endlich den Dom verließ, versperrte sie Kriemhild den Weg und

sprach zu ihr: »Warte und gib mir Antwort. Du hast mich schwer gekränkt. Wie aber willst du beweisen, was du behauptet hast?«
»Die Beweise kannst du haben«, sprach Kriemhild. »Siehst du den Ring an meinem Finger? Siegfried gab ihn mir, als er damals von dir kam.«
»Der Ring wurde mir gestohlen«, rief Brünhild. »Endlich erfahre ich, wer ihn mir weggenommen hat.«
»Glaubst du, ich bin eine Diebin?« erwiderte Kriemhild ruhig. »Wenn dir aber der Ring nicht Beweis genug ist, so beweist der Gürtel, den ich trage, daß ich nicht gelogen habe.«
Als Brünhild ihren Gürtel erkannte, stürzten ihr wieder die Tränen aus den Augen, und sie rief: »Ruft König Gunther. Er muß erfahren, wie sehr mich seine Schwester beschimpft!«
Ahnungslos kam Gunther auf ihren Ruf herbei, und als er Brünhild in Tränen fand, sprach er freundlich: »Sag mir, wer hat dir etwas zuleide getan?«
»Deine Schwester hat es getan«, entgegnete Brünhild. »Sie will mir die Ehre rauben und behauptet, Siegfried, nicht du, hätte mich in unserer Brautnacht als erster umarmt. Ich verlange, daß du mich von diesem Vorwurf reinwäschst.«
»Siegfried soll herkommen«, sprach Gunther. »Vor uns allen muß er Rede stehen.«
Als Siegfried kam, fragte er verwundert: »Was ist geschehen? Warum weint die Königin? Und warum will der König mich sehen?«
»Nur ungern ließ ich dich rufen«, antwortete Gunther, »doch hat mir Brünhild geklagt, du habest damit geprahlt, daß sie sich dir als erstem hingegeben habe. Kriemhild hat es vor allen Leuten behauptet.«
»Wenn sie das behauptet hat, werde ich sie dafür streng bestrafen. Vor dir und deinen Mannen will ich schwören, daß ich Kriemhild so etwas nie gesagt habe.«

Siegfried sprach ruhig und mit fester Stimme. Er trat in den Zeugenkreis, den Gunthers Recken gebildet hatten, und hob die Hand zum Schwur. Da trat Gunther dazwischen und sagte:
»Dein Wort gilt mir ebensoviel wie ein Eid. Ich weiß genau, daß dich keine Schuld trifft.«
»Wir sollten unseren Frauen verbieten, solche unüberlegten Reden zu führen. Ich muß mich schämen für meine Frau, und es tut mir von Herzen leid, daß sie Brünhild so schwer gekränkt hat. Doch soll Kriemhild erfahren, wie streng ich strafen kann«, erwiderte Siegfried und ging.
Brünhild aber weinte noch immer. Da trat Hagen von Tronje hinzu; er fand die Königin in Tränen, fragte nach dem Grund, und als er erfahren hatte, was geschehen war, gelobte er, die bittere Schmach, die ihr widerfahren war, an Siegfried zu rächen.
»Siegfried soll für Eure Tränen büßen, oder ich will nie wieder froh werden«, sprach er finster.
Auch Gernot und Ortwin stimmten für Siegfrieds Tod. Als Giselher hörte, was die drei gegen Siegfried im Schilde führten, sagte er zu ihnen: »Warum verfolgt ihr Siegfried mit solchem Haß? Den Streit zweier Weiber sollte man so ernst nicht nehmen, und Siegfried hat deshalb gewiß nicht den Tod verdient.«
Doch Hagen entgegnete heftig: »Ehrlos wären wir, wenn wir Siegfried ungestraft ließen. Er hat mit Brünhilds Gunst geprahlt, und dafür muß er mit dem Leben zahlen.«
Gunther hörte diese Worte und sprach mahnend: »Nur Hilfe brachte uns Siegfried, ehrenvoll stritt er für uns. Wie könnte ich ihn jetzt hassen?«
»Nichts wird Siegfried vor dem Tod retten«, rief Ortwin dazwischen, »auch seine Stärke nicht, und findet sich kein anderer bereit, so wird er von meiner Hand fallen.«
Hagen stimmte ihm zu, die anderen aber verstummten. Doch

Hagen ruhte nicht. Täglich versuchte er von neuem, Gunther für den Mordplan zu gewinnen, und immer wieder flüsterte er dem König ein, daß den Burgunden reiche Länder zufielen, wenn Siegfried stürbe. Gunther wollte von solchen Reden nichts hören, aber seine Fröhlichkeit war dahin, und eines Tages entgegnete er Hagen:

»Laß ab von den Mordgedanken. Du weißt, nur Gutes haben wir von Siegfried erfahren. Und bedenke auch, wie stark er ist. Erführe er von deinen Plänen, so bliebe wohl keiner hier verschont.«

»Deshalb macht Euch keine Sorgen«, erwiderte Hagen schnell. »Ich bereite alles so heimlich vor, daß er nichts davon merken wird.«

»Und wie willst du das anfangen?« fragte Gunther.

»Hört zu«, sprach Hagen, rasch den nachgiebigen Sinn des Königs nutzend, »wir lassen einige von unseren Leuten, die niemand am Hofe kennt, als Boten kommen und uns Krieg ansagen. Dann erklärt Ihr den Gästen, Ihr müßtet in den Kampf ziehen, und Siegfried wird gewiß nicht zögern, Euch seine Hilfe anzubieten. Und in diesem Augenblick, wenn Kriemhild um Siegfrieds Leben bangt, soll es mir ein Leichtes sein, ihr das Geheimnis zu entlocken, wo Siegfried verwundbar ist.«

Gunther gab nach, und Hagen hatte gewonnenes Spiel. Siegfrieds Tod war beschlossen.

Siegfrieds Tod

Vier Tage nach diesem verhängnisvollen Gespräch ritten zweiunddreißig fremde Recken in den Hof der Königsburg. Es waren Hagens falsche Boten. Vor allen Gästen verkündeten sie König Gunther, Lüdeger und Lüdegast sagten ihm den Krieg an, um die

alte Schmach zu rächen, die ihnen einst, als sie Geiseln am Burgundenhof waren, zugefügt worden war.
Schon einmal hatte Siegfried den Burgunden gegen die Sachsen und Dänen geholfen, und als er von der neuen Kriegserklärung hörte, war er sofort bereit, auch diesmal Waffenhilfe zu leisten. Gunther tat so, als freue er sich im Ernst über Siegfrieds Hilfe. Ohne Verzug begannen die Recken Siegfrieds, sich für die Heerfahrt zu rüsten, und auch die burgundischen Helden bereiteten sich zum Kampf, denn niemand ahnte den Verrat. Hagen aber stieg zu Kriemhilds Kemenate hinauf, als ob er sich vor der Schlacht von ihr verabschieden wollte. Freundlich empfing sie ihn und sprach: »Wie stolz bin ich, daß ich einen Mann habe, der meinen Verwandten in der Not helfen kann. Ich bitte dich, Hagen, laß ihn nicht entgelten, daß ich Brünhild beleidigte. Bitter habe ich meine Worte schon bereut, und Siegfried hat mich hart genug dafür gestraft.«
»Sicher werdet Ihr Euch mit der Königin bald wieder versöhnt haben«, entgegnete Hagen. »Sagt mir nur, was ich tun kann für Siegfried.«
»Ich sorge mich um ihn«, seufzte Kriemhild, »denn gar zu tollkühn ist er im Kampf.«
»Wenn Ihr fürchtet, daß Siegfried verwundet werden könnte, so sagt mir, wie ich ihn beschützen kann. Ich will alle Gefahren von ihm abwenden«, forschte Hagen die Ahnungslose aus.
»Wir sind miteinander verwandt«, sagte Kriemhild, »deshalb vertraue ich dir und will dir ein Geheimnis verraten. Als Siegfried einst den Drachen erschlug, badete er in seinem Blute, so daß er unverwundbar wurde. Und doch habe ich Sorgen um ihn, denn beim Baden fiel zwischen seine Schultern ein Lindenblatt, und an dieser Stelle kann man ihn verwunden. Das ist's, warum ich Angst um ihn habe.«

»Seid deshalb ohne Furcht«, erwiderte Hagen. »Näht auf sein Gewand ein kleines Zeichen, damit ich weiß, wo ich ihn schützen muß, wenn wir im Kampf stehen.«
Freudig dankte ihm Kriemhild und versprach, auf Siegfrieds Gewand ein kleines Kreuz zu sticken. Zufrieden verließ Hagen Kriemhilds Kemenate, hatte er doch erfahren, was er wollte.
Schon früh am nächsten Morgen zog Siegfried mit seinen tausend Nibelungenrecken aus der Stadt. Dicht hinter ihm ritt Hagen, und als er das Kreuzchen auf Siegfrieds Gewand erkannte, schickte er heimlich zwei von seinen Leuten voraus. Die mußten Siegfrieds Heer mit der Nachricht entgegenkommen, Lüdeger und Lüdegast wollten Frieden schließen. Ungern kehrte Siegfried wieder um. König Gunther aber empfing ihn mit verstellter Freundlichkeit und sagte:
»Ich danke dir, Siegfried, daß du mir so bereitwillig Waffenhilfe angeboten hast. Da wir nun aber die Heerfahrt nicht zu unternehmen brauchen, will ich in den Odenwald reiten und Bären und Eber jagen. Alle meine Gäste lade ich dazu ein. Wer mitreiten will, soll sich morgen früh bereit halten. Die anderen aber werden hier in der Burg Kurzweil genug finden.«
»Wenn du zur Jagd reitest, bin ich dabei«, antwortete Siegfried.
Am nächsten Morgen ging er zu Kriemhild, um sich zu verabschieden. Sie aber dachte an das, was sie Hagen verraten hatte, und wollte ihn nicht ziehen lassen.
»Nur dieses eine Mal bleib zu Hause. Ein schlimmer Traum quälte mich letzte Nacht. Ich sah, wie zwei wilde Eber dich über die Heide jagten und alle Blumen sich blutigrot färbten. Und dann träumte mir, daß zwei Berge auf dich niederstürzten und ich dich nie mehr wiedersah. Ich fürchte, wir haben Feinde hier, die uns schaden möchten. Bleib daheim, Geliebter, nur dieses eine Mal höre auf meine Bitte.«

»Sorge dich nicht«, entgegnete Siegfried. »In ein paar Tagen bin ich wieder bei dir. Wer sollte mir wohl feindlich gesinnt sein? Mit guten Freunden reite ich zur Jagd.«
Zärtlich schloß er Kriemhild in die Arme und ging davon.
Viele kühne Reiter hatten sich zur Jagd versammelt, nur Gernot und Giselher blieben diesmal zu Hause. Auf einer großen Lichtung mitten im tiefsten Wald wurde haltgemacht. Hier war schon der Lagerplatz bereitet, auf dem nach der Jagd das Mahl gehalten werden sollte. Siegfried wandte sich an Hagen und fragte:
»Wer soll uns führen und die besten Fährten zeigen?«
»Jeder mag jagen, wo er will«, antwortete Hagen. »Dann werden wir am Ende sehen, wer das meiste Wild erlegt hat. Dem werden wir dann den Siegerpreis zuerkennen.«
Siegfried war einverstanden. Mit einem alten erfahrenen Jäger und einem guten Spürhund ritt er los. Wo immer der Hund ein Wild aufstöberte, erlegte es Siegfried: Wildschweine, Wisente und Elche, Hirsche und Rehe. Sein Pferd lief so schnell, daß kein Tier ihm entkam. Ja, als das Jagdhorn die Jäger zum Sammelplatz rief, fing er sogar noch einen Bären und band ihn, um ihn lebendig den Jagdgenossen zu bringen. Kaum war er im Lager angekommen, ließ er den Bären los, und gleich rannte alles schreiend durcheinander. Die Hunde schlugen an, und der Bär, wild geworden durch den Lärm, geriet zwischen die Lagerfeuer, stieß Töpfe, Schüsseln und Kessel um und lief, so schnell er konnte, dem Walde zu. Die Hunde setzten ihm nach, und die Jäger stürmten mit den Spießen in der Hand hinterdrein. Doch der Bär entfloh so schnell, daß niemand ihn einholen konnte außer Siegfried. Mit seinem Schwert streckte er ihn nieder.
Die Jagd war beendet, und man lagerte sich auf der Waldwiese zum Mahle. Doch kein Tröpfchen Wein wurde den Jägern geboten.

»Warum läßt man uns verdursten?« fragte Siegfried. »Ich meine wir hätten einen kräftigen Trunk verdient.«
»Zürne nicht«, sprach Gunther heuchlerisch. »Daß man uns hier fast verdursten läßt, ist Hagens Schuld.«
»Ja, Herr, verzeiht«, sagte nun Hagen. »Es ist wahr, die Schuld daran trage ich. Ich glaubte, die Jagd sollte im Spessart sein, und sandte den Wein dorthin.«
»Was für ein dummer Irrtum«, murrte Siegfried. »Wäre unser Lagerplatz näher am Rhein, so hätte man doch wenigstens Wasser.«
»Ich weiß hier in der Nähe eine kühle Quelle«, antwortete Hagen schnell. »Laßt uns dahin gehen und zürnt mir, bitte, nicht mehr wegen meines Versehens.«
Siegfried war einverstanden, denn gar zu sehr quälte ihn der Durst. Er aß kaum in Ruhe zu Ende, dann machte er sich mit Gunther und Hagen auf den Weg zur Quelle. Unterwegs sprach Hagen zu ihm:
»Man hat mir oft gesagt, daß keiner Euch im Wettlauf überholen könnte. Das würde ich gar zu gern einmal sehen.«
Arglos erwiderte Siegfried: »Wenn Ihr und König Gunther mit mir um die Wette laufen wollt, können wir gleich beginnen. Unser Ziel soll die Quelle sein. Ich will euch sogar einen Vorsprung geben und obendrein in meiner Jagdkleidung, mit Schild, Speer und Schwert in der Hand, laufen.«
Gern gingen die beiden auf Siegfrieds Vorschlag ein, sie legten ihre Waffen ab und rannten los. Dennoch holte Siegfried sie ein und stand als erster an der Quelle. Gar zu gern hätte er sich gleich an dem kühlen Naß gelabt, doch er wollte warten, bis König Gunther getrunken hatte. Der kam heran, neigte sich über den Quell und trank in durstigen Zügen. Als er sich wieder aufgerichtet hatte, kniete Siegfried nieder und trank. In dem Augenblick sprang Hagen blitzschnell herbei und versteckte Siegfrieds Bogen

und Schwert, die an einer Linde neben der Quelle lehnten. Rasch kehrte er zurück, sah Siegfried noch immer knieend am Brunnen trinken, ergriff den Wurfspieß, spähte nach dem Kreuzchen auf Siegfrieds Gewand und stieß dem Ahnungslosen mit aller Kraft den Speer in den Rücken, daß das Blut in hohem Strahle aus der Wunde schoß und bis auf Hagens Gewand spritzte. Er ließ den Spieß in Siegfrieds Herzen stecken und floh blindlings, wie er noch nie vor einem anderen Mann geflohen war. Der todwunde Siegfried sprang auf. Die Speerstange ragte aus seinem Rücken, er suchte seine Waffen, konnte aber weder Bogen noch Schwert finden. So griff er nach dem Schild, der neben ihm lehnte. Trotz seiner Todeswunde setzte er Hagen nach und hieb noch so heftig auf ihn ein, daß der Schild zerbarst. Hagen brach zusammen, und hätte Siegfried sein Schwert gehabt, es wäre Hagens Tod gewesen. Doch nun schwanden Siegfried die Kräfte, die Farbe wich aus seinem Gesicht, er sank ins Gras und färbte die Blumen ringsum mit seinem Blute. Mit letzter Kraft fluchte er seinen Mördern:
»Schmach über euch, ihr Meuchelmörder. Ich habe euch stets die Treue gehalten, und ihr zahlt mir mit Verrat. Ihr seid nicht wert, daß man euch Recken nennt.«
Und als der Burgundenkönig den Sterbenden zu beklagen begann, wandte sich Siegfried zu ihm: »Laßt das Jammern. Ihr selbst seid schuld an dem Verbrechen. Es kommt einem Mörder nicht zu, sein Opfer zu beweinen.«
Hagen aber rief Gunther zu: »Ich weiß nicht, warum Ihr jammert. Jetzt gibt es keinen mehr, der uns zu trotzen wagt. Ich bin stolz, daß ich die Tat vollbracht habe.«
»Eitler Prahler«, entgegnete Siegfried, »hätte ich deinen Mordsinn zur rechten Zeit erkannt, ich hätte mein Leben nicht durch dich verloren. Jetzt aber quält mich nur noch die Sorge um Kriemhild, meine Frau. Wollt Ihr, König Gunther, noch einem auf der Welt

Eure Treue beweisen, so nehmt Euch Kriemhilds an. Bedenkt, daß sie Eure Schwester ist, und schützt sie vor allem Leid.«
Siegfried konnte nicht mehr sprechen, sein Atem wurde schwächer, und nach kurzer Zeit starb er. Die Jäger legten ihn auf einen Schild; dann beratschlagten sie, wie man es verheimlichen könnte, daß Hagen den Mord beging. Die meisten rieten:
»Wir wollen zu Hause erzählen, daß Siegfried allein zur Jagd ausritt und dabei von Räubern erschlagen wurde.«
Hagen selbst aber sprach: »Was kümmert's mich, ob Kriemhild die Wahrheit erfährt oder nicht. Sie hat es gewagt, Brünhild zu kränken, soll sie nun um ihren Gatten weinen. Mich rührt es nicht.«
Bis zur Dunkelheit warteten sie, dann trugen sie den toten Siegfried auf seinem Schild zum Rhein und setzten über den Fluß. Sie brachten ihn zur Burg, und Hagen ließ den Toten vor Kriemhilds Schlafgemach legen. Dort sollte sie ihn finden, wenn sie am frühen Morgen zur Messe ging.
Die Morgendämmerung stieg herauf, und die Glocken des Münsters begannen zu läuten. Kriemhild erwachte, weckte ihre Mädchen und rief nach Licht, um sich zum Kirchgang anzukleiden. Ein Kämmerer eilte herbei, vor Kriemhilds Tür stockte sein Fuß. Er sah den erschlagenen Recken am Boden liegen, doch erkannte er ihn nicht.
»Herrin«, sprach er, als er ins Gemach trat, »bleibt einen Augenblick im Zimmer. Vor Eurer Tür liegt ein Mann in seinem Blut.«
Kriemhild schrie auf. Gleich mußte sie an Hagens Frage denken, wie er wohl Siegfried schützen könne, und noch ehe sie den Toten gesehen hatte, brach sie in Tränen aus und weinte laut um Siegfried. Ihre Mädchen suchten sie zu trösten.
»Es kann ja ein anderer sein«, redeten sie ihr zu.
»Siegfried ist es«, schluchzte Kriemhild, »Brünhild hat es geraten, und Hagen hat es getan.«

Sie ließ sich vor die Tür führen und kniete an dem Leichnam nieder. Sie hob seinen Kopf hoch, und obwohl das Gesicht blutbefleckt war, erkannte sie Siegfried sofort. Heiße Tränen liefen ihr übers Gesicht, und niemand vermochte sie zu trösten.
»Seht nur«, rief sie plötzlich, »sein Schild ist unversehrt, kein Schwerthieb hat es getroffen. Nicht im ehrlichen Kampf wurde Siegfried erschlagen, er fiel von Mörderhand. O wüßte ich, wer das getan hat, der Tod wäre ihm gewiß!« Und sie sandte einen Boten zu König Siegmund, um ihm die Unglücksnachricht zu überbringen.
In tiefem Schlafe lagen der König und seine Mannen, als der Bote ankam und sie mit dem Ruf weckte: »Wacht auf, wacht auf, König Siegmund! Kriemhild, meine Herrin sendet mich. Schweres Leid ist ihr zugefügt worden.«
»Was ist geschehen?« fragte der König und erhob sich schnell.
Mit tränenerstickter Stimme antwortete der Bote: »Erschlagen von Mörderhand liegt Siegfried, Euer Sohn.«
»Treibe keinen Spott mit mir«, rief der König angstvoll, »das kann nicht wahr sein.«
»Wenn Ihr mir nicht glauben wollt, so hört doch das Weinen und Klagen Kriemhilds und ihrer Frauen.«
Hastig sprang Siegmund auf, rief seine Mannen und ergriff das Schwert. Sie liefen zu den Frauengemächern, wo die Klagerufe herkamen. Auch Siegfrieds Recken hatten das Weinen gehört und eilten ebenfalls den Frauengemächern zu.
König Siegmund stürzte an der Leiche seines Sohnes nieder.
»Weh uns!« rief er. »Wer konnte das ahnen, als wir hierher reisten. Wir glaubten bei guten Freunden zu sein. Wer hat es getan? Wer hat mir den Sohn und dir den Gatten erschlagen?«
»Wüßt ich es nur«, antwortete Kriemhild unter Tränen, »er sollte keine Gnade finden.«

»Wir werden den Tod unseres Königs rächen«, sprachen Siegfrieds Recken. »Der Mörder muß hier in diesen Mauern sein, wir werden ihn finden.« Und sie liefen, um sich zu rüsten.
Kriemhild erschrak, als sie die elfhundert bewaffneten Recken kommen sah. Wie groß auch ihr Schmerz war, sie wußte doch, daß Siegmunds kleine Schar gegen Gunthers Mannen nicht bestehen konnte.
Warnend sprach sie: »Was habt Ihr vor? Ihr wißt nicht, wie gewaltig Gunthers Heeresmacht ist, König Siegmund. Es wäre Euer sicherer Tod, wenn ihr Euch jetzt in einen Kampf einließet. Wir wollen die Rache auf eine günstigere Zeit verschieben.«
Nur ungern fügten die Recken sich Kriemhilds Willen. Am nächsten Morgen trugen sie Siegfrieds Leiche zum Münster. Die Kunde von Siegfrieds Tod war in die Stadt gedrungen, und die Bürger eilten herbei, um den Helden noch einmal zu sehen. Auch König Gunther mit seinen Recken und selbst Hagen von Tronje kamen zum Münster. Gunther trat zu Kriemhild.
»Ich traure mit dir, liebe Schwester«, sprach er. »Immer werden wir Siegfrieds Tod beklagen.«
Doch Kriemhild entgegnete zornig: »Das Klagen steht Euch übel an! Ihr selbst habt seinen Tod verschuldet.«
Die Burgunden aber leugneten und beteuerten ihre Unschuld.
»Dann beweist es«, rief Kriemhild. »Ein jeder trete an die Bahre, dann wird die Wahrheit vor allem Volke offenbar.«
Das taten sie, und als nun Hagen sich der Bahre näherte, begannen die Wunden des Ermordeten von neuem zu bluten. Jetzt wußten alle, wer den tödlichen Streich geführt hatte. Zwar machte Gunther noch einen Versuch, die Schuld von Hagen abzuwälzen und sie unbekannten Räubern zuzuschreiben, aber Kriemhild entgegnete nur:
»Ich kenne die Räuber. Du und Hagen, ihr habt es getan.«

Dann aber stürzten ihr wieder die Tränen aus den Augen, und keiner konnte sie trösten. Auch Gernot und Giselher vermochten nicht, die Weinende aufzurichten.

Der Sarg wurde herbeigebracht, man hob Siegfried von der Bahre und bettete ihn hinein.

»Drei Tage und drei Nächte will ich an dem Sarge sitzen und wachen«, sagte Kriemhild. »Wer mir die Treue hält und Siegfried noch einen letzten Dienst erweisen will, der soll bei mir bleiben.« Und viele edle Recken hielten mit Kriemhild, ohne zu essen und zu trinken, die Totenwache. Am vierten Morgen trug man den Toten zu Grabe. Dicht gedrängt stand das Volk, und überall hörte man lautes Weinen und Klagen. Kriemhild konnte vor Leid und Schmerz dem Sarg kaum folgen, ihre Mädchen mußten sie stützen.

»Erfüllt mir noch einen einzigen Wunsch«, bat sie mit tränenerstickter Stimme, als sie am offenen Grabe stand. »Laßt mich noch einmal Siegfrieds Angesicht sehen«.

Da öffnete man den Sarg; zum letztenmal hob sie sein Haupt empor und küßte den kalten Mund. Dann aber schwanden ihr die Sinne, ohnmächtig trug man sie von dannen.

Der Nibelungenhort

Siegfried war bestattet, und keinen Tag länger mochte König Siegmund in Worms bleiben. Er ging zu Kriemhild und bat sie: »Komm mit uns nach Xanten. Hier sind wir doch nicht gern gesehen, bei uns in den Niederlanden aber bist du Königin, Land und Leute sind dir untertan, und alle Mannen Siegfrieds werden dir dienen.«

»Ja«, sprach Kriemhild, »wir wollen von hier fortgehen.«

Gleich befahl Siegmund den Knechten, zum Aufbruch zu rüsten. In Kisten und Truhen packten sie Schmuck und Kleider, sie führten die Pferde aus dem Stall und sattelten und zäumten sie. Während König Siegmund zu eiligem Aufbruch trieb, gingen Gernot und Giselher zu Kriemhild und suchten sie zu überreden, in Worms bei ihrer Mutter zu bleiben.

»Nein«, erwiderte sie, »ich kann nicht bleiben. Glaubt mir, mich würde der Schmerz töten, müßte ich Hagen sehen.«

»Davor will ich dich schützen«, sprach der junge Giselher. »Ich werde dafür sorgen, daß du ihm nie begegnest.«

Auch Frau Ute und alle treuen Freunde baten sie, in der Heimat zu bleiben.

»Was willst du in einem fremden Lande? Dort leben keine Verwandten von dir, alle sind dir fremd. Bleibe bei den Deinen, das ist gewiß das beste.«

Und Kriemhild gab nach, sie versprach, in Worms zu bleiben. Da trat König Siegmund herein.

»Die Pferde sind gesattelt, Siegfrieds Mannen stehen zum Aufbruch bereit. Wir warten nur noch auf dich. Komm, laß uns eilen, ich kann nicht schnell genug von hier fortkommen.«

»Meine treuesten Freunde raten mir alle hierzubleiben«, entgegnete ihm Kriemhild, »da ich keine Verwandten in den Niederlanden habe und dort eine Fremde bin.«

Vergeblich suchte der alte König sie wieder umzustimmen. »Laß dir so etwas nicht einreden, denk auch an dein Kind.«

Doch selbst da blieb Kriemhild bei ihrer Weigerung. »Ich bleibe bei den Meinen, meinen Sohn vertraue ich Eurem Schutz an.«

Tiefbekümmert nahm König Siegmund Abschied.

»So leb wohl«, sagte er. »Wir werden uns niemals wiedersehen, denn mein Fuß betritt dieses Land nicht mehr.«

So ritten Siegmund und seine Recken davon. Von keinem

nahmen sie Abschied, auch von den Burgundenkönigen nicht, Gernot und Giselher aber eilten ihnen nach.
»Glaubt mir, ich bin schuldlos an Siegfrieds Tod«, sprach Gernot, »und ich beklage wie ihr, was am Burgundenhof geschehen ist.«
Giselher gab den Recken das Geleit bis an die Grenze ihres Landes, ehe auch er nach Worms zurückritt.
Vier Jahre gingen ins Land, und noch immer weinte Kriemhild um Siegfried. Kein Wort sprach sie mit Gunther, und niemals sah sie Hagen. Frau Ute, Gernot und Giselher suchten sie in ihrem Schmerz zu trösten, aber taub war sie für jedes Wort des Trostes.
Eines Tages sprach Hagen zu Gunther: »Ihr solltet versuchen, Euch mit Kriemhild zu versöhnen. Dann läßt sie vielleicht das Gold der Nibelungen nach Worms bringen, und das wäre ein großer Gewinn für Euch.«
»Ich will es versuchen«, erwiderte Gunther. »Meine Brüder besuchen Kriemhild oft, vielleicht gelingt es ihnen, uns zu versöhnen.«
Gernot und Giselher waren gern bereit, bei Kriemhild ein gutes Wort für Gunther einzulegen. Sie baten so lange, bis Kriemhild schließlich nachgab und ihren Haß gegen Gunther begrub.
»Nun gut, so will ich den König empfangen«, sprach sie.
Kaum hatte sie das gesagt, da eilte Gunther zu ihr, begleitet von seinen nächsten Verwandten. Nur Hagen wagte nicht mitzukommen. Unter Tränen umarmten sich Kriemhild und Gunther, und Kriemhild versöhnte sich wieder mit ihrer ganzen Familie. Allen verzieh sie, nur einem nicht: Hagen!
Nach wenigen Tagen hatte Gunther auch erreicht, daß Kriemhild den Nibelungenhort holen ließ. Sie hatte ihn einst von Siegfried als Morgengabe erhalten. Er war also ihr Eigentum. Zwerg Alberich konnte ihn ihr nicht verweigern, so gern er es auch getan hätte. Als Gernot und Giselher mit vielen Burgundenrecken zu

ihm kamen, um den Schatz zu holen, ließ er ihn aus dem Berge bringen, in dem er bisher versteckt lag, und zwölf große Wagen mußten vier Tage lang fahren, jeden Tag dreimal, bis alles Gold in die Schiffe geladen war.

So wurde der Nibelungenhort nach Worms gebracht. Alle ihre Schatzkammern füllte Kriemhild damit, aber sie hütete das Gold nicht ängstlich, sondern verschenkte es mit vollen Händen, und rings im Lande pries man die Freigebigkeit der Königin. Auch zog die Kunde von dem Hort viele fremde Recken nach Worms, denn an alle, ob arm ob reich, teilte Kriemhild von ihren Schätzen aus.

Hagen sah mit Mißmut, wie sie das Gold verschenkte, und warnend sprach er zu Gunther: »Lassen wir Kriemhild noch lange gewähren, so wird sie sich mit dem Nibelungengolde so viele Rekken dienstbar machen, daß uns daraus Gefahr erwachsen könnte.«

»Das Gold ist ihr Eigentum, und ich kann ihr nicht verwehren, es zu verschenken«, entgegnete Gunther, und er fügte hinzu: »Außerdem haben wir uns gerade erst versöhnt, und ich würde sie mir gleich wieder zur Feindin machen, wenn ich mich einmischen wollte, wie sie ihren Besitz verwaltet.«

»Ein kluger Mann überläßt einer Frau nicht diesen Schatz. Kriemhild wird es mit ihrer Freigebigkeit eines Tages so weit bringen, daß Ihr bereuen werdet, nicht auf mich gehört zu haben.« Hagen sprach unwillig, Gunther aber antwortete:

»Ich habe ihr einen Eid geschworen, daß ich ihr niemals mehr ein Leid zufügen wolle, und den will ich halten.«

»Nun gut, dann nehme ich die Schuld auf mich«, erwiderte Hagen. Er brachte die Schlüssel zu den Schatzkammern in seinen Besitz, raubte Kriemhild den Hort und versenkte ihn an einer tiefen Stelle in den Rhein. Niemand hinderte ihn, denn Gunther und seine Brüder waren mit ihren Mannen außer Landes geritten. Als sie heimkehrten, klagte ihnen Kriemhild das neue Leid, das Hagen ihr zugefügt hatte, aber sie konnten ihr nicht mehr helfen: der Hort ruhte auf dem Grund des Rheins. Zwar machten die Burgundenkönige Hagen bittere Vorwürfe, daß er Kriemhild den Schatz geraubt hatte, doch nach einer Weile war ihr Zorn wieder verraucht, und kein Haar wurde Hagen deshalb gekrümmt. Und da das Gold nun einmal versenkt war, schworen die drei Burgundenkönige und Hagen einander, keinem Menschen den Ort zu verraten, wo der Schatz im Rheine lag, solange einer von ihnen noch lebte.

Die Jahre vergingen.

Abgeschlossen von der Welt lebte Kriemhild in Worms. Niemals konnte sie Siegfried vergessen, niemals aber auch ihren Haß gegen Hagen.

Etzels Werbung um Kriemhild

Um diese Zeit starb im fernen Hunnenlande Königin Helche, und da König Etzel daran dachte, sich wieder zu verheiraten, rieten ihm seine Getreuen:

»Wenn Ihr noch einmal heiraten wollt, so werbt um die schöne Kriemhild aus dem Burgundenland. Sie lebt verwitwet am Rhein. Der starke Siegfried war ihr Mann, und sie wäre würdig, Königin der Hunnen zu sein.«

Nachdem Etzel den Rat seiner Getreuen gehört hatte, fragte er: »Wem von euch sind Land und Leute am Rhein bekannt?«

Rüdeger von Bechelaren, der edle Markgraf, antwortete: »Seit ihrer Kindheit kenne ich Kriemhild und ihre Brüder Gunther, Gernot und Giselher. Sie sind ruhmvolle Recken, wie es schon ihre Vorväter waren.«

Etzel fragte weiter: »Und Kriemhild? Wäre sie wohl die rechte

Königin für mein Land? Und ist sie wirklich so schön, wie man ihr nachrühmt?«

»Glaubt mir, sie ist gewiß ebensoschön, wie Frau Helche war. Wer sie zur Frau gewinnt, kann sich glücklich schätzen«, entgegnete Rüdeger.

»So sei mein Bote und Brautwerber«, sprach Etzel. »Wird Kriemhild meine Frau, so will ich dich reich belohnen. Nimm aus meinen Schatzkammern, was du brauchst, rüste dich so prächtig wie möglich und reite nach Worms.«

»Gern reite ich als Euer Bote nach Worms, doch brächte es mir wenig Ehre, wollte ich während der Fahrt auf Eure Kosten leben. Ich will die Reise mit meinem eigenen Gut bestreiten, denn alles, was ich besitze, habe ich von Euch erhalten«, entgegnete Rüdeger. Fünfhundert Recken rüstete er aus für die Fahrt, und nachdem er in Bechelaren von seiner Frau Gotelind Abschied genommen hatte, ritten sie weiter und kamen nach zwölf Tagen in Worms an. Als sie in den Burghof sprengten, stand Hagen am Fenster, und er wandte sich an Gunther:

»Wenn ich mich nicht täusche, so kommt dort der edle Markgraf Rüdeger aus dem Hunnenland. Zwar ist es viele Jahre her, seit ich ihn zum letztenmal sah, doch habe ich ihn gleich an Gang und Haltung erkannt.«

Er lief hinunter in den Hof, wo Rüdeger und seine Recken eben von den Pferden stiegen, und rief freudig: »Seid herzlich willkommen, edler Markgraf, und alle Eure Mannen!«

Auch Ortwin und andere kamen herbeigeeilt und begrüßten Rüdeger.

»Glaubt mir«, sprach Ortwin, »nie sahen wir liebere Gäste in unserem Land.«

Sie geleiteten die Hunnen in den Saal, wo König Gunther die Gäste schon erwartete. Der König stand auf und reichte Rüdeger

die Hand zum Gruß. Dann führte er ihn zu seinem eigenen Hochsitz und ließ ihn neben sich niedersitzen. Gunther wartete, bis den Gästen der Willkommenstrunk gereicht war, dann erst sprach er:
»Ich bitte Euch, sagt mir, wie es König Etzel und Königin Helche geht.«
»Gern will ich Euch alles berichten«, antwortete Rüdeger und erhob sich. »Erlaubt mir, Euch die Botschaft auszurichten, die mich aus dem fernen Hunnenland hierhergeführt hat.«
Gunther gewährte ihm die Bitte, und Rüdeger begann:
»Mein Herr, König Etzel, grüßt Euch und alle Eure Verwandten, und er gebot mir, Euch seine Not zu klagen. Trauer herrscht im Hunnenland, denn Frau Helche, unsere Königin, ist tot. Alle Freude war dem König genommen, doch hörte er, daß Kriemhild, Eure Schwester, unvermählt nach Siegfrieds Tod am Hof zu Worms lebt. Wenn Ihr es erlaubt, so will er sie zur Frau nehmen, damit sie an Königin Helches Stelle die Krone des Hunnenlandes trage. Das läßt König Etzel Euch durch mich sagen.«
»Laßt mir drei Tage Zeit«, antwortete Gunther nach kurzem Bedenken. »Ich will Kriemhild Eure Botschaft überbringen. Ich muß erst wissen, was meine Schwester dazu sagt, ehe ich Euch antworten kann.«
Drei Tage blieb Rüdeger als Gast in Gunthers Burg. In dieser Zeit rief der König seine Verwandten zu sich, um über Etzels Werbung zu beraten. Alle rieten, den Antrag anzunehmen, nur Hagen sprach dagegen:
»Gestattet nicht, daß Eure Schwester Etzels Frau wird, selbst wenn sie es wollte.«
»Warum sollte ich sie hindern?« entgegnete Gunther. »Sie ist meine Schwester, und ich gönne ihr alles Gute. Wir alle sollten ihr zureden, eine so ehrenvolle Werbung anzunehmen.«
»Laßt ab von diesem Plan«, sprach Hagen warnend. »Ihr kennt

Etzel nicht so wie ich. Wird Kriemhild seine Frau, so habt Ihr das Schlimmste zu befürchten.«

»Was tut's?« erwiderte Gunther. »Wenn Kriemhild wirklich Etzels Frau würde, so könnte ich leicht vermeiden, ihm zu nahe zu kommen, und brauchte von ihm nichts zu fürchten.«

Dennoch blieb Hagen bei seiner Ansicht, bis der junge Giselher unmutig rief: »Es wäre wirklich an der Zeit, Hagen, daß Ihr endlich meiner Schwester auch eine Freude gönnt. Ihr habt ihr soviel Leid zugefügt und ihr Lebensglück grausam zerstört, daß sie wohl Ursache hat, Euch zu hassen.«

»Ich will euch sagen, was ich kommen sehe«, sprach Hagen. »Wird Kriemhild Königin der Hunnen, so findet sie gewiß Mittel und Wege, uns ins Unheil zu stürzen. Bedenkt, wie viele Mannen ihr dann untertan sind.«

Darauf erwiderte Gernot: »Nun gut, so wollen wir, solange beide leben, niemals ins Hunnenland reiten.«

Noch einmal warnte Hagen vor Kriemhilds Rachedurst, aber Giselher fuhr ihn zornig an: »Wir wollen doch nicht immer verräterisch an ihr handeln. Freuen wir uns lieber, wenn sie geehrt wird. Was Ihr auch reden mögt, Hagen, ich will treu zu ihr stehen.«

Als Hagen sah, daß seine Warnungen nichts nutzten, ging er mißmutig davon. Die drei Brüder aber waren sich einig, daß sie nichts gegen die Hochzeit mit Etzel einwenden würden, wenn Kriemhild sie selbst wünschte.

»Ich will eurer Schwester melden, was sich zutrug, und ihr raten, Etzels Werbung anzunehmen«, sprach Markgraf Gere und ging sogleich zu Kriemhild.

»Ich bringe gute Nachricht«, begann er. »Der mächtige König Etzel hat Brautwerber hergesandt und hält um Eure Hand an.«

»Treibt keinen Spott mit mir«, entgegnete Kriemhild mit Tränen in den Augen, und sie wollte kein Wort mehr von Etzels Werbung

hören. Auch ihre Brüder konnten sie nicht umstimmen, doch versprach sie ihnen, wenigstens Markgraf Rüdeger zu empfangen, um ihm ihre Antwort selbst zu sagen.
»Das tue ich nur dem edlen Rüdeger zuliebe, ein anderer Bote König Etzels bekäme mich nie zu Gesicht«, sprach sie.
Rüdeger freute sich, daß Kriemhild ihn anhören wollte. Er glaubte sicher, daß es ihm gelingen würde, Kriemhild zur Heirat mit Etzel zu bereden. Doch sosehr er auch den Glanz von Etzels Hof pries, so beredt er Macht und Reichtum des Hunnenkönigs schilderte, Kriemhild war fest entschlossen, Etzels Werbung abzuweisen, und sie bat Rüdeger, am nächsten Tage wiederzukommen, um sich ihre endgültige Antwort zu holen.
Also kam Rüdeger noch einmal zu Kriemhild. Auch diesmal bemühte er sich lange vergeblich, Kriemhilds Sinn zu ändern, bis er endlich in einem Gespräch unter vier Augen sein Wort gab, ihr stets mit seinen Mannen treu zu dienen und jede Kränkung, die ihr widerfahren könnte, zu rächen.
›Steht es so‹, dachte Kriemhild, ›dann will ich Königin der Hunnen werden. Vielleicht kann ich dann endlich Rache nehmen für Siegfrieds Tod, denn viele Recken werden mir im Hunnenlande dienen, und Etzels Reichtümer stehen mir zur Verfügung. Hier aber hat mir Hagen alles genommen, was ich besaß.‹
Jetzt ließ sie sich nicht mehr lange bitten und willigte ein, Etzels Frau zu werden. Voller Freude vernahm Rüdeger ihren Entschluß. Nun begann Kriemhild, sich für die lange Reise zu rüsten. Sie ließ Kisten und Truhen öffnen, die seit Siegfrieds Tod verschlossen gestanden hatten, und holte ihre prächtigen Gewänder hervor. Hundert Mädchen wählte sie zu ihrer Begleitung aus und befahl ihnen, sich zu schmücken wie in vergangenen Zeiten. Auch Markgraf Eckewart, der ihr stets treu gedient hatte, wollte ihr mitsamt seinen Recken ins Hunnenland folgen.

Schon nach wenigen Tagen brachen sie auf. Gunther begleitete seine Schwester bis vor das Stadttor, Gernot und Giselher dagegen ritten mit ihr, bis sie die Donau erreichten; da erst verabschiedeten sie sich und ritten zurück nach Worms.
Unterdessen hatte Rüdeger Boten zu König Etzel gesandt, um ihm Nachricht zu geben, daß Kriemhild seine Werbung angenommen habe und bereits unterwegs sei ins Hunnenland. Da erhob sich großer Jubel in der Königsburg. Sofort gab Etzel Befehl, die Pferde zu satteln, und er ritt, begleitet von seinen Rekken, Kriemhild bis an die Grenze seines Reiches entgegen. Die Fürsten seines Gefolges stammten aus vielen Ländern, nahen und fernen, der berühmteste unter ihnen aber war König Dietrich von Bern.
In Wien feierten Etzel und Kriemhild ihre Vermählung. Wehmütig dachte Kriemhild daran, wie sie einst Hochzeit gehalten hatte mit Siegfried, aber sie unterdrückte die Tränen, und niemand bemerkte ihren Kummer. Als nach siebzehn Tagen das Hochzeitsfest zu Ende war, fuhren Etzel und Kriemhild zu Schiff auf der Donau weiter bis zur Etzelburg, wo Kriemhild nun an der Seite König Etzels lebte und wegen ihrer Freigebigkeit von allen geliebt wurde.

Kriemhilds Botschaft

Als mächtige Königin herrschte nun Kriemhild im Hunnenland, und nachdem sie König Etzel einen Sohn geschenkt hatte, der den Namen Ortlieb erhielt, festigten und vergrößerten sich ihre Macht und ihr Ansehen im Lande so sehr, daß niemand mehr gewagt hätte, sich ihren Befehlen zu widersetzen. Aber so gut es ihr auch ging, sie sehnte sich doch nach ihrer Heimat, und vor allem konnte sie nie vergessen, wieviel Leid ihr Hagen einst zugefügt hatte. Immer wieder dachte sie bei sich: ›Ich bin jetzt so mächtig und so reich, daß ich mich an Hagen rächen könnte. Es müßte mir nur gelingen, ihn hierher zu locken.‹ Und sie wußte auch schon Mittel und Wege, ihre Rache ins Werk zu setzen. Eines Abends sprach sie zu König Etzel:

»Wenn Ihr, mein lieber Gemahl, meine Brüder wirklich schätzt, so gewährt mir eine Bitte.«

»Ich will Euch gern beweisen, wie lieb mir Eure Verwandten sind«, entgegnete Etzel ohne Argwohn.

»Es schmerzt mich sehr«, fuhr Kriemhild fort, »daß meine Brüder mich noch nie besucht haben. Daher kommt es wohl auch, daß die Leute hier mich immer noch ›die Fremde‹ nennen.«

»Seid versichert«, sprach der König, »ich würde jeden, den ihr wollt, gern einladen. Nur fürchte ich, der Weg wird Euren Brüdern zu weit sein.«

Kriemhild freute sich, daß Etzel ihren Wünschen so bereitwillig entgegenkam, und rasch erwiderte sie: »Sendet nur Boten nach Worms, damit ich meinen Verwandten sagen lassen kann, wie sehr ich mich nach ihnen sehne.«

»Dann will ich Wärbel und Schwemmel, meine Spielleute, als Boten zu Euren Brüdern schicken, denn auch mir tut es leid, daß sie uns noch nicht besucht haben«, sprach Etzel.

Er ließ die Spielleute rufen und teilte ihnen mit, was er von ihnen begehrte.

»Reitet nach Worms und bittet die Burgundenkönige, zu meinem Hoffest zur nächsten Sonnenwende zu kommen. Sagt ihnen, daß sie uns die liebsten Gäste sein werden.«

Die Spielleute rüsteten sich zur Reise, doch ehe sie davonritten, rief Kriemhild sie heimlich in ihre Kemenate und sprach:

»Ich werde euch reich beschenken, wenn ihr tut, was ich euch auftrage. Sagt keinem Menschen in Worms, daß ihr mich jemals traurig gesehen habt, sondern überbringt ihnen allen meine Grüße. Geht zu meinen Brüdern Gernot und Giselher und sagt ihnen, daß ich stets an sie denke. Bittet Gernot, dafür zu sorgen, daß möglichst viele meiner Verwandten zu König Etzels Fest kommen. Und wenn ihr hört, daß Hagen von Tronje zu Hause bleiben will, so dürft ihr nichts unversucht lassen, bis auch er sich entschließt mitzukommen. Keiner kann die Burgunden sicherer führen als Hagen, denn er kennt die Wege ins Hunnenland seit seinen Kindertagen.«

Die Boten versprachen, alles getreulich auszurichten, dann machten sie sich auf den Weg und erreichten nach zwölf Tagen Worms. Hagen erkannte die fremden Boten gleich. Er wandte sich an Gunther:

»König Etzels Spielleute sehe ich kommen. Eure Schwester wird sie gesandt haben.«

Als Wärbel und Schwemmel in den Königssaal traten, grüßte Gunther sie freundlich. Die Boten beugten das Knie vor ihm und richteten Etzels und Kriemhilds Einladung aus. Gunther antwortete:

»Heute in sieben Tagen will ich euch meine Antwort sagen. Ruht euch inzwischen von der langen Reise aus.«

Sogleich berief Gunther seine Verwandten und Getreuen zu sich, um mit ihnen zu beraten, was man König Etzel antworten solle. Die meisten wären der Einladung gern gefolgt, allein Hagen widersetzte sich der Reise.

»Wollt Ihr Euch selbst ins Verderben stürzen«, flüsterte er Gunther zu, »oder habt Ihr vergessen, was wir getan haben! Ich habe Siegfried erschlagen, und Kriemhilds Rachedurst ist ungestillt! Wie dürften wir wagen, ins Hunnenland zu reiten!«

»Kriemhild denkt nicht mehr an Rache«, beschwichtigte ihn Gunther. »Ehe sie ins Hunnenland reiste, gab sie mir den Versöhnungskuß. Sie hat alles verziehen, was wir ihr antaten, es sei denn, sie wäre dir allein noch feindlich gesinnt.«

»Laßt Euch durch die freundlichen Worte der Boten nicht täuschen«, warnte Hagen. »Ich sage Euch, wenn Ihr Kriemhild besucht, dann setzt Ihr Leben und Ehre aufs Spiel.«

Da mischte sich Gernot ein: »Ihr mögt allen Grund haben, Hagen, die Rache Kriemhilds zu fürchten, warum sollten aber wir deshalb unsere Schwester nicht besuchen?«

Und Giselher meinte spöttisch: »Wenn Ihr Euch schuldig wißt, dann bleibt zu Hause und laßt uns und alle, die mit uns kommen wollen, allein ins Hunnenland reiten.«

Da fuhr Hagen zornig auf: »Wenn ihr unbedingt zu König Etzels Fest reisen wollt, dann wird kein anderer als ich euch dorthin führen. Doch rate ich euch, reitet wohlgerüstet ins Hunnenland. Wählt unter euren Recken und Mannen die stärksten aus, damit wir uns vor Kriemhilds Ränken schützen können.«

Diesem Rat folgte Gunther gern, und sogleich sandte er Boten aus, um seine Recken zusammenzurufen.

Mehr als dreitausend kamen; unter ihnen waren der junge Dankwart, Hagens Bruder, der mit achtzig seiner Mannen in Worms einzog, und der edle Volker von Alzey, ein Spielmann und starker Recke, der mit dreißig Mannen kam. Aus allen diesen Recken, die Gunthers Ruf gefolgt waren, wählte Hagen tausend aus, deren Tapferkeit und Mut er kannte.

Inzwischen warteten die hunnischen Boten ungeduldig auf die Antwort König Gunthers, denn sie fürchteten Etzels Ungnade, wenn sie gar zu lange ausblieben. Hagen jedoch hatte geraten, die Boten möglichst lange aufzuhalten, und er sagte zu Gunther:

»Wir wollen Etzels Boten warten lassen, bis wir so weit gerüstet sind, daß wir sieben Tage nach ihnen aufbrechen können. Dann hat Kriemhild keine Zeit, einen Anschlag auf uns vorzubereiten.«

Erst als das Heer gerüstet stand, ließ Gunther die Boten zu sich kommen und sagte ihnen, daß die Burgunden Etzels Einladung annehmen würden. Kaum hatten die beiden Spielleute die gute Nachricht vernommen, machten sie sich eiligst auf den Weg und ritten, reich beschenkt von den Königen und Frau Ute, ins Hunnenland zurück.

Freudig hörten Kriemhild und Etzel, was die Boten ihnen aus Worms berichteten. Voller Erwartung und Ungeduld aber fragte Kriemhild: »Wer von meinen Verwandten wird zu dem Fest kommen? Und was sagte Hagen zu der Reise?«

»Nicht viel Gutes hat Hagen über die Reise gesagt«, erzählten die Boten. »Er meinte, es sei eine Fahrt in den Tod. Trotzdem wird er kommen.«

»Wie freue ich mich, daß ich Hagen bald hier sehen werde«, sprach Kriemhild, und sie ließ sofort Burg und Saal für den Empfang der Gäste herrichten.

Die Reise der Burgunden ins Hunnenland

Inzwischen waren in Worms die Vorbereitungen zur Reise abgeschlossen, und das Heer wartete nur noch auf das Zeichen zum Aufbruch. Die alte Königin, Frau Ute, aber sprach warnend:

»Ihr solltet hierbleiben, meine Söhne. Ich träumte heute nacht einen schlimmen Traum: ich sah, wie alle Vögel hier in unserem Lande tot auf dem Felde lagen. Das bedeutet nichts Gutes, ihr werdet in große Not geraten auf dieser Fahrt.«

»Träume sind Schäume«, erwiderte Hagen. »Unsere Ehre fordert es, daß wir zu Etzel reiten, und ginge es nach mir, dann sollten wir nicht länger warten.«

So geschah es. Am nächsten Morgen zogen die Burgunden von

dannen. An der Spitze des langen Zuges ritten König Gunther, seine Brüder und seine Getreuen. Auf allen Wegen führte Hagen sie sicher und kundig, bis sie am zwölften Tage das Ufer der Donau erreichten. Dort mußten sie haltmachen, denn der Strom war über die Ufer getreten, und weit und breit war weder Kahn noch Fähre zu sehen. Gunther wandte sich an Hagen:
»Du allein kannst uns helfen. Geh und suche die Furt, damit wir über den Strom setzen können.«
»Dafür ist mir mein Leben denn doch zu schade, daß ich mich in dem reißenden Strom ertränke«, erwiderte Hagen. »Aber wartet hier, ich will Fährleute suchen, die uns übersetzen können.«
Er ergriff Schild und Schwert und machte sich auf die Suche. Doch so lange er auch am Ufer des Stromes auf und ab ging, so laut er auch rief, nirgends fand er einen Fährmann. Plötzlich gewahrte er eine Quelle, in der zwei Meerfrauen badeten. Leise schlich er näher, doch sie hatten ihn schon bemerkt und entflohen. Als sie aber sahen, daß Hagen sich ihrer Kleider bemächtigte, die sie im Stich gelassen hatten, bat die eine Nixe flehentlich:
»Edler Hagen, gib uns unsere Kleider zurück. Ich will dir auch sagen, wie es euch ergehen wird auf der Fahrt ins Hunnenland.«
Das war es, was Hagen hören wollte, denn er wußte wohl, daß den Nixen die Zukunft bekannt ist.
»Ihr könnt sorglos zu König Etzel reiten«, sprach die eine. »Man wird euch dort mit großen Ehren empfangen.«
Erfreut hörte Hagen die Weissagung. Er legte die Kleider am Ufer nieder und wollte weitergehen. Als die Meerfrauen jedoch in ihre Kleider geschlüpft waren, rief die andere ihm nach:
»Glaub nicht, was du hörtest. Nur um der Kleider willen hat sie dich belogen. Unheil droht euch bei den Hunnen. Kehr um, kehr um! Noch ist es Zeit. Das Fest war nur ein Vorwand. Wer zu den Hunnen reitet, kommt nicht wieder nach Hause.«

»Warum wollt ihr mich betrügen?« entgegnete Hagen. »Wie sollte das geschehen, daß wir alle im Hunnenland den Tod finden?«
»Es ist die Wahrheit! Niemand von euch wird den Rhein wiedersehen. Nur der Kaplan des Königs wird gesund zurückkehren«, rief sie wieder.
Grimmig antwortete Hagen: »Das sollen die Burgundenkönige nicht erfahren, daß ihr Leben bei den Hunnen enden wird. Nun aber sagt mir, wie kommen wir über den Fluß?«
Die Nixen beschrieben ihm, wo er einen Fährmann finden würde und wie er ihn rufen müsse, damit er zur Überfahrt bereit sei.
»Sagt, Euer Name sei Amelrich, dann wird er sicher kommen«, rieten sie ihm.
Hagen dankte und ging weiter am Ufer entlang, bis er auf der gegenüberliegenden Seite das Haus des Fährmanns sah.
»Hol über, Fährmann«, begann er laut übers Wasser zu rufen, und als sich drüben der Fährmann zeigte, versprach er ihm einen goldenen Ring, wenn er ihn übersetzte. Doch vergeblich. Der Fährmann wollte den Dienst nicht übernehmen.
»So hol mich, ich bin Amelrich«, rief Hagen, und nun erst nahm der stolze Fährmann die Ruder und kam über den Fluß. Kaum aber erkannte er den Betrug, da wollte er wieder umkehren.
»Mein Herr hat viele Feinde, darum fahre ich keinen Fremden über den Fluß«, sprach er.
Vergeblich bot Hagen zu dem goldenen Ring noch eine goldene Spange, vergeblich bat er mit freundlichen Worten, ihn und seine Freunde überzusetzen, der Fährmann widersetzte sich, ja, er griff nach dem Ruder und versetzte Hagen eine kräftigen Schlag über den Kopf. Zornentbrannt zog Hagen sein Schwert und erschlug den Fährmann mit einem einzigen Hieb. Dann sprang er in das Boot und ruderte es selbst zum Heer zurück. Froh wurde er begrüßt, doch als Gunther das frische Blut entdeckte, erschrak er.

»Wo ist der Fährmann?« fragte er besorgt. »Ich fürchte fast, du hast ihn erschlagen!«
»Nein«, leugnete Hagen, »ich fand den Nachen an einer Weide angebunden. Einen Fährmann habe ich nirgends gesehen.«
Gernot aber meinte: »Was sollen wir mit dem Nachen. Wir haben ja niemand, der uns übersetzt.«
»Ich war einmal der beste Fährmann am Rhein«, rief Hagen, »und ich traue mir wohl zu, uns alle sicher über den Fluß zu bringen.«
Um rascher ans andere Ufer zu kommen, schirrten die Knechte die Pferde ab, damit sie leichter durch den Strom schwimmen konnten. Dann lenkte Hagen mit sicherer Hand den Kahn durch die Fluten und brachte alle Recken und Mannen nach und nach hinüber. Als er die letzten übersetzte, war auf dem Schiff auch der Kaplan des Königs. Da mußte Hagen wieder an die Weissagung der Meerfrauen denken, daß der Kaplan als einziger von ihnen lebend wieder nach Hause käme. Und um das Wort der Nixe Lügen zu strafen, warf er den Kaplan in hohem Bogen über Bord. So schnell war die Tat vollbracht, daß niemand sie verhindern konnte. Der Kaplan schwamm dem Schiff nach und suchte sich wieder hinaufzuziehen. Aber Hagen stieß ihn jedesmal wieder zurück. So schwamm er schließlich zum Ufer zurück und kletterte gesund an Land. Nun wußte Hagen, daß die Meerfrauen nicht gelogen hatten, und als sie am Ufer anlangten und alles ausgeladen war, zerschlug er den Kahn und warf die Trümmer in die Flut.
»Was tust du, Bruder!« rief Dankwart vorwurfsvoll. »Wie sollen wir denn wieder zurückkommen?«
»Das tue ich«, antwortete Hagen, »damit kein Feigling, der etwa unter uns wäre, entfliehen kann.«
Den wahren Grund aber sagte Hagen ihm nicht. Erst als sie alle wieder zu Pferde saßen und weiterreiten wollten, erzählte er ihnen, was er von den Wasserfrauen erfahren hatte.

»Nun wißt ihr, warum ich den Kaplan ins Wasser gestoßen und weshalb ich das Schiff zerschlagen habe. Keiner von uns wird ins Burgundenland zurückkehren.«
Hagens Worte verbreiteten sich in Windeseile im ganzen Heer, und so kühn die Helden auch waren, sie wurden doch bleich vor Schreck, als sie die Rede vernahmen.
Als die Burgunden die Grenze von Bechelaren erreichten, schickten sie einen Boten voraus, um Markgraf Rüdeger zu bitten, sie für eine Nacht in seiner Burg zu beherbergen. Herzlich freute sich Rüdeger über diese Nachricht. Sogleich befahl er seinen Recken, den Burgunden entgegenzureiten und sie zu seiner Burg zu geleiten. Dann eilte er zu seiner Frau und seiner Tochter, um auch ihnen die Ankunft der Gäste zu melden und sie zu bitten, alles aufs beste zum Empfang vorzubereiten. Bei ihrem Eintreffen begrüßte er freudig die Könige und ihr Gefolge, besonders Hagen, den er seit langem kannte, aber auch Volker und Dankwart. Er lud sie ein, seine Gäste zu sein, und versprach, für alle zu sorgen, so gut er nur konnte.
Während man auf der Wiese Zelte aufschlug, wo das Gesinde übernachten sollte, ritten die burgundischen Helden in die Burg. Vor dem Tor warteten ihrer die Markgräfin und ihre Tochter; auch sie hießen die Gäste willkommen. Das Festmahl war schon bereitet, Rüdegers Tochter führte den jungen Giselher zu Tisch, Frau Gotelind ging an Gunthers Hand, während Gernot von Rüdeger selbst geleitet wurde.
Nachdem alle gesättigt waren und im heiteren Gespräch beieinandersaßen, ergriff Volker, der Spielmann, das Wort: »Wahrlich, Markgraf Rüdeger«, sprach er laut über den Tisch, so daß jeder ihn hörte, »Euch geht es gut. Ihr habt eine schöne Frau und eine anmutige Tochter. Wenn ich ein König wäre und eine Krone trüge, ich zögerte nicht, mir Eure Tochter zur Frau zu wählen.«

»Wie sollte ein König um meine Tochter werben«, entgegnete Rüdeger. »Als Vertriebene leben wir hier von der Gnade König Etzels. Was hilft ihr da alle Schönheit!«
Doch auch Gernot versicherte, daß die junge Markgräfin würdig wäre, mit einem König vermählt zu werden, und selbst Hagen stimmte zu und sprach:
»Ist es nicht an der Zeit, daß Giselher sich verheiratet? Des Markgrafen Tochter stammt aus so edlem Geschlecht, daß ich und meine Mannen es gern sehen würden, wenn sie bei uns die Krone trüge.«
Rüdeger und Frau Gotelind hörten mit Freuden diese Rede, und man kam überein, die Tochter des Markgrafen mit Giselher zu verloben. Nach alter Sitte ließ man Giselher und das Mädchen in den Ring treten, den die Recken gebildet hatten. Man fragte sie, ob sie Giselher zum Manne nehmen wolle, und obwohl sie verwirrt und verschämt im Kreise stand, sagte sie ja. Glücklich umarmte sie Giselher, und Markgraf Rüdeger sprach:
»Ihr Könige, gern gebe ich euch meine Tochter mit zum Rhein, wenn ihr wieder heimwärts zieht. Land und Burgen besitze ich nicht, um sie damit auszustatten, aber sie soll so viel Gold und Silber mitnehmen, wie hundert Saumtiere tragen können.«
Alle waren damit einverstanden, und fröhlich wurde die Verlobung gefeiert. Am nächsten Morgen wollten die Burgunden weiterreiten, doch Rüdeger bat sie, noch einige Tage zu bleiben, und da sie seinen Bitten nicht wiederstehen konnten, verbrachten sie schließlich vier Tage in Bechelaren. Dann aber mußten sie Abschied nehmen. Reiche Geschenke teilte Rüdeger an alle aus, um seine Gäste zu ehren. Gernot erhielt ein gutes Schwert, und selbst König Gunther weigerte sich nicht, aus Rüdegers Hand ein Waffenkleid anzunehmen. Als Frau Gotelind jedoch Hagen ein Gastgeschenk überreichen wollte, antwortete er:

»Wenn Ihr mich unbedingt beschenken wollt, so reicht mir den Schild dort an der Wand. Ich nähme ihn gern mit in König Etzels Reich.«
Mit Tränen in den Augen nahm Gotelind den Schild herunter und reichte ihn Hagen.
»Ich will Euch den Schild geben. Er gehörte meinem Sohn Nudung, den Witege im Kampf erschlagen hat.«
Auch Dankwart und Volker empfingen reiche Gaben, und viele Saumtiere mußten beladen werden, um alles wegzubringen, was Rüdeger seinen Gästen geschenkt hatte. Dann verabschiedete man sich von den Frauen. Giselher umarmte seine Braut, und auch Rüdeger küßte seine Frau noch einmal, denn er wollte mit fünfhundert seiner Mannen die Burgunden zu König Etzel begleiten.
Am Ufer der Donau entlang ritten sie ins Hunnenland hinein. Rüdeger sandte Boten voraus, die die Ankunft der Gäste vom Rhein melden sollten.
Freudig vernahm Etzel, daß die Burgunden nicht mehr fern waren, und Kriemhild hielt am Fenster Ausschau, um ihre Brüder in die Burg einreiten zu sehen.

Der Empfang in Etzels Burg

Der alte Hildebrand, König Dietrichs Waffenmeister, erfuhr als erster, daß die Burgunden angekommen waren, und er meldete es seinem Herrn. Dietrich war sehr besorgt, als er die Nachricht vernahm, weil er Kriemhilds Rachepläne ahnte. Daher befahl er seinen Recken, die Pferde zu satteln, denn er wollte den Gästen entgegenreiten, um sie zu begrüßen, aber auch, um sie zu warnen. Als sie die Burgunden erreicht hatten, stieg Dietrich vom Pferd und ging Gunther entgegen.

»Seid alle willkommen«, sprach er, »doch sagt, warum kamt ihr her? Wißt ihr nicht, daß Kriemhild noch immer um Siegfried weint?«
»Sie mag so lange weinen wie sie will«, entgegnete Hagen, »Siegfried ist längst begraben, und sie wird ihn nicht wieder aufwecken.«
»Doch Kriemhild hat nichts vergessen, und solange sie lebt, wird sie auf Rache sinnen, darum hütet euch«, gab Dietrich zurück.
»Warum sollen wir uns hüten?« erwiderte jetzt Gunther. »Wir wurden freundlich eingeladen von König Etzel und auch von Kriemhild, unserer Schwester.«
Da wandte sich Hagen an Gunther und sprach: »Laßt Euch raten und bittet König Dietrich, uns zu erzählen, was er von Kriemhilds Plänen weiß.«
Sie traten beiseite, um vertraulich miteinander zu sprechen.
»Sprecht, König Dietrich, was wißt Ihr von Kriemhild?«
»Was soll ich Euch weiter sagen. Viel weiß ich auch nicht«, entgegnete Dietrich. »Ich höre nur jeden Morgen, wie Kriemhild um Siegfried weint und klagt.«
»Und wenn es auch so ist«, mischte sich jetzt Volker ein, »so können wir's doch nicht ändern. Laßt uns zu Etzels Burg reiten, wir werden ja sehen, wie es uns ergehen wird.«
In stolzem Zuge ritten die Burgunden in Etzels Hofburg ein, und viele Hunnen eilten neugierig herbei, um Hagen zu sehen, denn alle hatten gehört, daß von seiner Hand einst der kühne Siegfried erschlagen worden war.
Man wies den Gästen gleich ihre Herberge an, und Kriemhild hatte den Rat gegeben, das Gesinde gesondert unterzubringen. Sie wollte die Burgunden voneinander trennen, um sie leichter besiegen zu können. Gunther setzte Dankwart, Hagens Bruder, zum Marschall über das Gesinde und befahl ihm, in allem gut für die Männer zu sorgen.

Jetzt kam Kriemhild mit ihrem Gefolge und begrüßte die Gäste. Doch nur den jungen Giselher küßte sie und reichte ihm die Hand. Hagen bemerkte das mit Sorge, band den Helm fester und sprach: »Ein solcher Gruß sollte uns zu denken geben. Ich fürchte, die Fahrt zu diesem Fest steht unter keinem guten Stern.«

»Euch mag begrüßen, wer will«, entgegnete Kriemhild hochfahrend, »ich habe keinen Gruß für Euch. Doch sprecht, was bringt Ihr mir aus Worms mit, daß Ihr glaubt, Ihr könntet hier so sehr willkommen sein?«

»Wie konnte ich ahnen, daß Ihr Geschenke von uns Recken erwartet? Hätte ich das gewußt, ich wäre wohl reich genug gewesen, um Euch zu beschenken«, sprach der Tronjer höhnisch.

»Nach dem Hort der Nibelungen frage ich«, fuhr Kriemhild ihn heftig an. »Ihr wißt sehr gut, daß er mir gehört. Den hättet Ihr mir mitbringen sollen.«

»Was kümmert mich Euer Hort«, erwiderte Hagen. »Der liegt seit Jahren auf dem Grund des Rheines, und ich habe genug zu tragen an Schild, Brünne und Helm, und, wie Ihr seht, auch an meinem Schwert.«

»Man trägt keine Waffen im Saal des Königs«, sprach sie. »Legt sie ab, ich will sie verwahren lassen.«

»Das wäre zuviel Ehre«, entgegnete Hagen. »Ihr seid eine Königin, wie könnten wir erlauben, daß Ihr wie eine Magd unsere Waffen zur Herberge tragt. So etwas habe ich von meinem Vater nicht gelernt. Ich will meine Waffen schon lieber selber tragen.«

Kriemhild sah sich überlistet.

»So sind die Burgundenrecken gewarnt«, rief sie wütend. »Wüßte ich, wer mir das angetan hat, ich würde ihn mit dem Tod bestrafen.«

»Ich bin's, der Gunther und Hagen gewarnt hat«, sprach Dietrich zornig und trat vor. »Kommt nur, wenn Ihr mich strafen wollt.«

Da ging Kriemhild von dannen. Kein Wort sprach sie mehr, nur einen haßerfüllten Blick warf sie auf ihre Feinde.
Während die burgundischen Recken noch immer im Burghof standen und warteten, bis Etzel sie begrüßen würde, schritten Hagen und Volker über den weiten Hofplatz und setzten sich dicht vor Kriemhilds Saal auf eine Bank. Von allen Seiten richteten sich neugierige Blicke auf die wohlgerüsteten, starken Rekken. Auch Kriemhild sah von ihrem Fenster aus die beiden sitzen. Von neuem mußte sie an das Leid denken, das Hagen ihr zugefügt hatte, und sie begann bitterlich zu weinen. Erschrocken fragten König Etzels Mannen, was sie so plötzlich betrübte, und sechzig waren auf der Stelle bereit, den Kummer der Königin an Hagen zu rächen.
»Was wollt ihr gegen Hagen und Volker ausrichten«, sprach sie grimmig. »Glaubt nur ja nicht, daß die beiden so leicht zu bezwingen sind.«
Als sie das hörten, rüsteten sich immer mehr hunnische Recken, und schließlich standen über vierhundert Mannen zum Kampf bereit. Jetzt war Kriemhild zufrieden, sie setzte sich die Krone aufs Haupt und trat an der Spitze ihrer gewappneten Recken auf den Burghof.
Volker gewahrte sie zuerst. Er wandte sich an den Tronjer:
»Seht, Hagen, da drüben naht Kriemhild. Und mit welch einem Gefolge! Wie die Schwerter blitzen! Trachten die Euch nach dem Leben?«
»Ich weiß es wohl«, sprach Hagen, und Zorn stieg in ihm auf. »Diese blanken Schwerter gelten mir allein. Doch vor denen fürchte ich mich nicht. Wollt Ihr mir helfen, wenn es zum Streit kommt? Ich werde Euch dafür beistehen, wenn Ihr künftig einmal in Gefahr geratet.«
»Auf mich könnt Ihr zählen«, versprach Volker, »aber laßt uns auf-

stehen, wenn sie kommt. Sie ist die Königin, und ihr gebührt ein ehrenvoller Gruß.«

»Nein, tut das nicht, mir zuliebe«, erwiderte Hagen hochmütig. »Es käme ihren Leuten sonst in den Sinn, daß ich aus Furcht vor ihr aufstehe. Warum sollte ich jemand ehren, der mich so grimmig haßt.«

Und er legte sein Schwert quer über die Knie, daß der goldene Griff aufblitzte und der grasgrüne Jaspis aus dem Knauf hervorleuchtete. Wohl erkannte Kriemhild die gute Waffe, es war Balmung, Siegfrieds Schwert, und wieder begann sie zu weinen. Feindselig trat sie an die Bank heran.

»Sagt mir, Hagen«, begann sie, »wer hat nach Euch gesandt, daß Ihr es wagt hierherzukommen. Ihr wißt recht gut, was Ihr mir angetan habt, und Ihr hättet klüger gehandelt, wäret Ihr zu Hause geblieben.«

»Nach mir hat keiner gesandt«, entgegnete Hagen, »doch lud man die Könige, meine Herren, in dieses Land, und wenn sie reisen, bleibe ich nicht daheim.«

»So sagt mir endlich, warum habt Ihr Siegfried erschlagen?« fragte sie weiter.

»Was soll das viele Gerede«, sprach Hagen unwillig. »Ja, ich habe Siegfried erschlagen, weil seine Frau Kriemhild Königin Brünhild beleidigte. Ich leugne es nicht, die Schuld an Eurem Leid trage ich allein.«

»Ihr alle habt es gehört, Etzels Recken«, rief da Kriemhild, »er leugnet nicht seine Schuld. Mir ist es gleich, was deshalb mit ihm geschieht.«

Doch zögernd und furchtsam standen die Hunnenrecken, und keiner wagte sich an die beiden Helden heran. Einer nach dem anderen zog sich ängstlich zurück, und voller Wut kehrte Kriemhild wieder um.

»Jetzt wissen wir genau, daß wir hier Feinde haben«, sprach Volker. »Wir wollen zu den Königen gehen, damit niemand wagt, sie zu überfallen.«
Hagen stimmte diesem Rate zu, und als die beiden zurückkamen, standen Gunther und sein Gefolge noch immer im Burghof.
»Wie lange wollt ihr noch hier draußen stehen!« rief Volker laut. »Laßt und endlich in den Saal gehen, damit wir hören, wie der König uns gesonnen ist.«
Als sie nun in festlichem Zuge in den Saal traten, kam der König ihnen entgegen und begrüßte sie herzlich. Noch nie waren Gäste in Etzels Burg mit so großen Ehren empfangen worden. Der König selbst reichte ihnen den Willkommenstrunk und saß mit ihnen zu Tisch. Doch die Burgunden waren müde von der Reise, und als der Tag sich neigte, sprach Gunther zu Etzel:
»Erlaubt uns aufzubrechen, wir möchten schlafen gehen. Morgen früh, wann immer Ihr befehlt, seht Ihr uns wieder.«
Gern erfüllte Etzel diesen Wunsch, und er verabschiedete sich herzlich von seinen Gästen. Man führte sie in einen großen Saal, wo kostbar hergerichtete Betten für alle bereitstanden. Aber sie zauderten, die Waffen abzulegen und sich zum Schlaf auszustrecken. Selbst Giselher fürchtete Verrat.
»Mir ahnt, unsere Schwester hat unser aller Tod beschlossen«, rief er aus.
»Sorgt euch nicht«, erwiderte Hagen. »Ich selbst will Wache halten diese Nacht. Bis morgen früh soll uns nichts geschehen. Was nachher kommt, wird sich finden.«
Alle waren froh, daß Hagen ihren Schlaf bewachte, und es dauerte nicht mehr lange, bis sie in den Betten lagen. Während Hagen sich rüstete, trat Volker auf ihn zu und redete ihn an:
»Wenn es Euch recht ist, dann will ich mit Euch Schildwache halten diese Nacht.«

Herzlich dankte ihm Hagen: »Nichts könnte mir lieber sein«, sprach er, »denn keinen anderen als Euch wünschte ich mir zum Gefährten.«

Gerüstet und gewaffnet traten beide vor die Tür. Volker setzte sich auf die Schwelle, griff nach seiner Fiedel und begann zu spielen, erst laut, dann immer leiser, bis alle Burgunden im Saal eingeschlafen waren. Nun nahm er wieder den Schild und das Schwert zur Hand und spähte in die Dunkelheit.

Mitternacht war's, als Volker plötzlich aus dem Dunkel einen Helm aufblinken sah.

»Hört zu, Hagen«, flüsterte er, »ich sehe Bewaffnete heranschleichen, sicher wollen sie uns angreifen.«

»Schweigt nur«, erwiderte Hagen ebensoleise, »und laßt sie erst näher heran. Dann werden sie unsere Schwerthiebe zu spüren bekommen, ehe sie sich dessen versehen.«

Unterdessen hatte einer der Hunnen schon bemerkt, daß die Tür des Saales bewacht war.

»Wir müssen unseren Plan aufgeben«, sprach er zu den übrigen. »Ich sehe, daß Hagen und der Spielmann vor der Tür Schildwacht halten. Da kommen wir in den Saal nicht hinein.«

Die Hunnenschar zog sich zurück, und Volker sagte zu Hagen: »Laßt mich hinuntergehen und sie zur Rede stellen.«

»Tut's nicht«, riet Hagen, »sie könnten Euch leicht in Gefahr bringen, so daß ich Euch zu Hilfe kommen müßte. Und stünden wir beide im Kampf, wäre der Saal unbewacht; wie schnell könnten sich einige einschleichen und über die Schlafenden herfallen.«

»So sollen sie wenigstens wissen, daß wir sie gesehen haben. Dann können sie morgen den geplanten Überfall nicht leugnen.«

Und er rief mit lauter Stimme den Hunnen zu: »Was wollt ihr hier in Waffen? Seid ihr vielleicht auf Raub aus? Dann nehmt doch uns beide auch mit!«

Niemand gab ihm Antwort.
»Habt ihr uns im Schlaf ermorden wollen?« schrie Volker jetzt. »Pfui, ihr Feiglinge!«
Unverrichteterdinge mußten die Hunnen zu Kriemhild zurückkehren, doch gab sie ihren Plan nicht auf und sann auf andere Wege, um ihre Rache zu vollbringen.
Es wurde Morgen, und Hagen weckte die Schläfer. Die Burgunden legten ihre Festgewänder an, um zur Kirche zu gehen. Unwillig schaute Hagen ihnen zu.
»Wir brauchen heute andere Kleider«, sprach er. »Ihr wißt doch alle, wie es steht. Heute noch müssen wir kämpfen, denn Kriemhild sinnt auf Verrat. Darum tragt lieber eure Panzer statt der seidenen Gewänder, nehmt das Schwert in die Hand statt einer Rose, setzt den Helm auf statt eines edelsteingeschmückten Goldreifs.«
Die Burgunden folgten Hagens Rat. In Wehr und Waffen gingen sie zum Münster, und sie blieben dicht beisammen, denn auch das hatte Hagen ihnen geraten. Als Etzel kam und seine Gäste bewaffnet fand, blieb er verwundert stehen und fragte:
»Warum sehe ich meine Freunde in Waffen? Hat jemand sich erdreistet, ihnen etwas zuleide zu tun? Ich werde jeden hart bestrafen, der meinen Gästen zu nahe getreten ist.«
»Niemand hat uns bedroht«, entgegnete Hagen, »doch pflegen die burgundischen Könige bei allen Festen drei volle Tage gewaffnet zu gehen.«
Kriemhild stand dabei, sie wußte wohl, daß es diese Sitte im Burgundenland nicht gab. Dennoch erwiderte sie nichts, denn sie fürchtete, König Etzel könne dann ihre Rachepläne erfahren und seine Gäste schützen. Ohne Zwischenfall ging der Gottesdienst zu Ende. Danach begannen im weiten Hof der Burg die Kampfspiele der Recken. Die Burgunden waren darauf gefaßt, daß die

Hunnen jetzt den Kampf eröffnen würden, und auch Kriemhild wartete darauf, aber nichts geschah. Schon wollte Volker den Befehl geben, die Pferde in den Stall zurückzuführen, da ritt noch ein besonders prächtig aufgeputzter Hunne auf den Kampfplatz. Die hochmütige Art des Recken ärgerte Volker, und er sagte: »Diesen Laffen strecke ich nieder! Daran soll mich keiner hindern, am allerwenigsten Kriemhilds Zorn.« Gunther suchte vergeblich, Volker davon abzubringen. »Unterlaßt das. Man soll uns nicht nachsagen, wir hätten den Streit begonnen. Sollen die Hunnen anfangen damit.«
Volker jedoch hörte nicht auf die Worte des Königs. Er spornte sein Pferd, jagte dem Hunnen entgegen und rannte ihm den Speer durch den Leib, daß er zu Tode getroffen aus dem Sattel sank. Wildes Rachegeschrei erhob sich bei den Hunnen. Sie griffen zu den Schwertern, um Volker zu erschlagen. Im gleichen Augenblick saßen auch die Burgunden zu Pferde, um Volker aus dem Getümmel herauszuholen. Als Etzel vom Fenster aus den aufkommenden Streit sah, eilte er in den Hof, riß einem Hunnen das Schwert aus der Hand und trieb seine Mannen auseinander.
»Der Spielmann steht unter meinem Schutz«, rief er. »Ich habe es selbst gesehen, daß er den Hunnen nicht mit Absicht tötete, sondern weil sein Pferd strauchelte. Wehe dem, der sich an ihm vergreift.«
So konnte der Streit noch einmal geschlichtet werden, und Etzel geleitete seine Gäste in den Saal der Burg, wo für sie schon das Festmahl aufgetragen war. Nur Kriemhild fehlte an der Tafel. Sie stand bei Dietrich von Bern und suchte ihn als Bundesgenossen zu gewinnen. Meister Hildebrand antwortete ihr jedoch: »Wer die Burgunden angreift, der tue es ohne mich. Und wenn man mir noch so große Schätze böte, ich ließe mich nicht dazu überreden.«
Dietrich stimmte ihm zu: »Eure Brüder haben mir nichts zuleide

getan, warum sollte ich sie überfallen. Ich gebe mich nicht dafür her, Siegfrieds Tod zu rächen.«

Da Kriemhild bei Dietrich keine Hilfe fand, wandte sie sich an Blödel, Etzels Bruder.

»Hilf du mir!« bat sie unter Tränen. »Räche mich an meinen Feinden, und ich will dir immer danken.«

»Wie könnte ich das«, erwiderte er. »Ihr wißt, wie sehr König Etzel Eure Brüder schätzt. Nie würde er mir's verzeihen, wollte ich gegen sie kämpfen.«

Als Kriemhild ihm aber Gold und Silber, Land und Burgen, ja eine ganze Grenzmark als Lohn versprach und ihm obendrein zusicherte, daß er die Braut des Recken Nudung zur Frau haben sollte, konnte Blödel nicht mehr widerstehen. Das schöne Mädchen zu besitzen lockte ihn.

»Geht jetzt in den Festsaal«, sagte er. »Gleich werde ich mit den Burgunden einen Streit vom Zaune brechen. Heute noch liefere ich Euch Hagen gebunden aus.«

Und sofort befahl er seinen Mannen, sich zu rüsten. Kriemhild aber ging in den Saal und setzte sich neben Etzel an die Tafel. Während man noch aß, ließ sie Ortlieb, ihren kleinen Sohn, holen.

»Seht«, sprach Etzel zu seinen Schwägern, »das ist mein einziger Sohn. Er wird einmal meine Krone erben und Herr sein über zwölf Länder. Ich bitte euch, nehmt ihn mit nach Worms, wenn ihr heimreitet. Erzieht ihn dort zu einem tapferen Recken. Er wird euch, ist er einmal erwachsen, beistehen, wenn Feinde euer Land bedrohen.«

Hämisch entgegnete Hagen: »Ich glaube allerdings nicht, daß er jemals zum Manne heranwächst, denn mir will scheinen, als wäre er schon jetzt vom Tode gezeichnet.«

Betroffen schwiegen alle, und bestürzt sah Etzel Hagen an. Doch niemand verwies dem Tronjer die böse Rede.

Blödel hatte unterdessen tausend seiner Mannen um sich geschart und führte sie zu der Herberge, wo Dankwart mit den Knechten zu Tische saß. Freundlich wurde er begrüßt, doch er sprach rauh: »Ich bin nicht gekommen, um freundliche Grüße mit dir zu wechseln, sondern um dich in den Tod zu schicken. Daß dein Bruder Hagen Siegfried erschlagen hat, mußt du mit dem Leben bezahlen.«

»Mit Siegfrieds Tod habe ich nichts zu schaffen«, entgegnete Dankwart. »Ich glaube nicht, daß Kriemhilds Rache mir gilt.«

»Dazu kann ich nichts sagen, aber deine Verwandten haben es getan, und deshalb ist es um euch alle geschehen.«

»Ihr meint es also ernst!« rief Dankwart, »Dann tut es mir leid, daß ich so freundlich mit Euch geredet habe.«

Er sprang vom Tische auf, zog sein Schwert, und gleich mit dem ersten Hieb tötete er Blödel. Kaum sahen das die Hunnen, als sie in Scharen mit gezückten Schwertern über die Burgunden herfielen.

»Wehrt euch!« schrie Dankwart laut, und wer kein Schwert zur Hand hatte, griff nach einem Schemel. Wild schlugen sie auf ihre Feinde ein. Ein Hunne nach dem anderen mußte sein Leben lassen, aber auch die Reihen der Burgunden lichteten sich, denn immer neue Scharen von Hunnen drangen auf sie ein, und so tapfer sich die Männer auch wehrten, sie wurden doch alle erschlagen. Dankwart allein stand noch unverletzt. Mit dem Schwert bahnte er sich einen Weg ins Freie, aber neue Feinde stellten sich dem Kampfmüden draußen entgegen.

»Hätte ich nur einen Boten an meinen Bruder Hagen. Er würde mich nicht allein lassen in meiner Not«, stöhnte er.

»Der Bote wirst du selbst sein«, höhnten die Hunnen. »Deine Leiche bringen wir ihm in den Saal.«

Da packte Dankwart sein Schwert fester, schlug jeden nieder, der sich ihm entgegenzustellen wagte, und stürmte die Stufen zum Saal hinauf.

Der Kampf im Saal

Dankwart stieß die Tür auf. Blutüberströmt, mit dem blanken Schwert in der Hand stand er da und rief laut:

»Du sitzt hier beim üppigen Mahl, Bruder Hagen, wo alle unsere Mannen erschlagen liegen.«

»Wer hat das getan?« rief Hagen aufspringend.

»Blödel überfiel uns, doch er hat mit dem Leben dafür zahlen müssen«, antwortete Dankwart.

»Hüte die Türe«, befahl der Tronjer seinem Bruder, »laß keinen einzigen Hunnen hinaus.«

Er wandte sich wieder der Tafel zu.

»Laßt uns auf das Andenken der Toten trinken«, sprach er, »und der junge Hunnenkönig soll den Anfang machen.«

Blitzschnell zog er sein Schwert und hieb dem kleinen Ortlieb den Kopf ab. Im nächsten Augenblick schon stürzte er sich auf Wärbel, Etzels Spielmann, und schlug ihm die rechte Hand ab.

»Nimm das zum Lohn für die Botschaft, die du uns nach Worms gebracht hast.«

Auch Volker riß sein Schwert aus der Scheide, und Hagen und Volker begannen gemeinsam unter den Hunnen zu wüten. Burgunden und Hunnen sprangen von ihren Sitzen auf, die Schwerter blitzten, der Kampf entbrannte. Die drei Burgundenkönige hätten den Streit gern geschlichtet, aber es war zu spät. Und so griffen auch sie zu den Waffen und drangen auf die Hunnen ein.

An der Saaltür stand Dankwart hart bedrängt. Da sprang Volker an seine Seite und hieb jeden Hunnen nieder, der aus dem Saal zu kommen suchte, während Dankwart den von draußen andrängenden Scharen den Eingang verwehrte.

Als Kriemhild das Gemetzel sah, flehte sie Dietrich von Bern an, ihr aus dem Saal herauszuhelfen, und nach einigem Zögern fand

er sich auch dazu bereit. Er sprang auf eine Bank und begann mit weithin schallender Stimme zu rufen. Gunther hörte ihn und gebot Waffenruhe. Stille trat ein im Saal, und Gunther fragte:
»Was ist Euch geschehen, Dietrich von Bern? Sollten wir versehentlich Euch oder Euren Mannen etwas zuleide getan haben, so beklage ich das sehr und bin zu jeder Sühne bereit.«
»Nichts ist mir geschehen«, sprach Dietrich, »doch wünsche ich freien Abzug für mich und meine Mannen.«
»Das will ich gern erlauben«, entgegnete Gunther. »Nehmt alle mit hinaus, die Ihr wollt, nur keinen meiner Feinde.«
Da verließen den Saal mit König Dietrich: Meister Hildebrand und alle Recken Dietrichs, König Etzel und Kriemhild und auch Markgraf Rüdeger mit seinen Mannen.
Kaum verließen die letzten, denen die Burgunden freien Abzug gewährt hatten, den Saal, da brach drinnen der Kampf von neuem los, und erst als auch der letzte der Hunnen erschlagen war, verstummte der Waffenlärm. Ermattet setzten die Burgunden sich nieder, doch Giselher rief ihnen zu:
»Erhebt euch, noch ist nicht Zeit zum Ausruhen. Wir müssen erst die Toten aus dem Saal schaffen, damit wir nicht über sie stolpern, wenn wir wieder angegriffen werden. Glaubt mir, wir werden heute noch mehr kämpfen müssen.«
Sie folgten seinem Rate und warfen die Erschlagenen zur Treppe hinunter. Manch einer, der nur verwundet war und bei guter Pflege sicher gesund geworden wäre, brach sich bei dem Sturz das Genick. Dichtgedrängt standen die Hunnen im Burghof und beklagten ihre Toten. Hagen und Volker aber gossen Hohn und Spott über ihre Feinde aus, und sie verschonten auch König Etzel nicht.
»Ein richtiger Herrscher sollte beim Gefecht in der vordersten Reihe stehen«, rief Hagen ihm zu, »so, wie die Burgundenkönige

es tun.« Wütend griff Etzel zu seinen Waffen, und nur mit Mühe konnte Kriemhild ihn zurückhalten.
»Seid vorsichtig, es wäre Euer sicherer Tod, wenn Ihr Hagen in die Hände fallt«, beschwor sie ihn. »Bietet Euren Mannen Gold, soviel sie wollen, laßt sie für Euch kämpfen.«
Und Kriemhild feuerte Etzels Recken gegen Hagen an. »Wer mir Hagen von Tronje erschlägt, dem fülle ich König Etzels Schild randvoll mit Gold und gebe ihm Länder und Burgen zum Lohn.«
Aber keiner der Hunnen zeigte Lust, gegen Hagen anzutreten. Erst als Volker die Zaghaftigkeit der hunnischen Recken verhöhnte, fand Iring von Dänemark sich bereit, gegen Hagen zu kämpfen, doch zahlte er seine Tollkühnheit bald mit dem Leben, und alle seine Mannen, die ihn rächen wollten, teilten sein Schicksal.
Inzwischen hatte König Etzel neue Recken gesammelt und schickte sie in den Kampf gegen die Burgunden. Erst der hereinbrechende Abend setzte dem Morden ein Ende. Müde vom Kampf hielten die Burgunden Rat untereinander. Alle waren der Meinung, daß ein rascher Tod besser sei als langes Leiden, und deshalb baten sie König Etzel um eine Unterredung. Die drei Könige traten vor die Tür des Saales, und als Etzel und Kriemhild kamen, sprachen sie: »Wenn schon kein Friede mehr sein kann zwischen uns, so erfüllt doch wenigstens eine Bitte: laßt uns aus dem Saal heraus, damit wir den letzten Kampf im Freien ausfechten. Eure starken und ausgeruhten Heerscharen werden uns kampfesmüde Recken bald geschlagen haben. Laßt rasch geschehen, was doch geschehen muß.«
Schon wollten Etzel und seine Recken der Bitte der Burgundenkönige nachgeben, als Kriemhild wütend dazwischenfuhr:
»Niemals darf es dazu kommen! Wenn Ihr die Burgunden aus dem Saal laßt, dann sind wir alle verloren.«

Umsonst erinnerte Giselher die Schwester daran, daß er ihr nie etwas zuleide tat, vergeblich bat er sie, den Burgunden ihren letzten Wunsch zu erfüllen.
»Ich kenne keine Gnade«, sprach sie hart. »Ihr alle zahlt nun für das, was Hagen mir angetan hat. Doch gebt mir den Tronjer heraus, dann will ich mir überlegen, ob ich euch verschonen kann.«
»Niemals!« rief Gernot entrüstet. »Wir wollen lieber sterben, als einem der Unseren die Treue brechen.«
Da befahl Kriemhild, die Burgunden in den Saal zurückzutreiben, und sie ließ die Halle an allen vier Ecken anzünden. Heftiger Wind fachte das Feuer an, daß es hoch aufloderte. Bald stand das ganze Haus in hellen Flammen; brennende Balken brachen krachend in den Saal nieder, ein Funkenregen prasselte herab. Hagen rief: »Stellt euch dicht an die Wände, schützt euch mit den Schilden vor den herabstürzenden Bränden.«
Die Helden folgten dem Rat und blieben von den Flammen verschont, nur erstickten sie fast an dem Rauch, und Hitze und Durst quälten sie beinahe zu Tode. Endlich als der Morgen graute, ließ das Feuer nach. Kriemhild glaubte fest, daß alle Recken in den Flammen umgekommen wären. Doch als ihre Späher berichteten, daß sechshundert Burgunden noch am Leben waren, hetzte sie die Hunnen wieder in den Kampf, und das Gemetzel begann von neuem. Auch diesmal verteidigten die Burgunden siegreich den Saal, und wieder verlor König Etzel die besten seiner Mannen.

Rüdegers Tod

Während die Hunnen ohne Unterlaß den Saal bestürmten, bemühte sich Markgraf Rüdeger, Frieden zu stiften. Doch vergeblich. Niemand konnte dem Morden Einhalt gebieten. Einer der Hunnenrecken sah Rüdeger stehen und weinen, und er sagte zu Kriemhild. »Seht Euch Markgraf Rüdeger an! Hoch über uns alle stellte ihn König Etzel, keiner erhielt ein so reiches Lehen wie er, doch jetzt, in der Stunde der Not, hält er sich abseits. Noch keinen einzigen Schwertstreich hat er in diesem Kampfe getan.«

Wütend drehte sich Rüdeger um, und vor den Augen König Etzels erschlug er den Hunnen mit einem kräftigen Fausthieb.

»Warum hast du diesen Mann erschlagen!« herrschte König Etzel den Markgrafen an. »Wir haben doch wahrlich schon Tote genug.«

»Er hat mich beschimpft«, verteidigte sich Rüdeger, »und das zahlte ich ihm heim.«

Jetzt trat Kriemhild hinzu und wandte sich an Rüdeger: »Ihr habt oft gelobt, Ehre und Leben für uns einzusetzen, und als Ihr für König Etzel um mich warbt, schwort Ihr, mir stets treu zu dienen. Jetzt mahne ich Euch an diese Eide, denn noch nie habe ich Eurer Treue mehr bedurft als heute.«

Und auch Etzel begann, Rüdeger um Hilfe zu bitten. Der Markgraf geriet darüber in größte Gewissensnot, und verzweifelt rief er aus:

»Nehmt das Land und all die Burgen wieder, die Ihr mir als Lehen gegeben habt, nur erlaßt mir diesen Kampf!«

»Niemand außer dir kann mir noch helfen«, erwiderte der König. »Wenn du bereit bist, mir beizustehen, sollen das Land und die Burgen dein Eigentum sein.«

Da klagte Rüdeger: »Weh mir! Warum muß ich das erleben! Ich bewirtete die Burgundenkönige in meinem Haus, meine Tochter gab ich Giselher zur Braut. Ich bin ihnen in Treue verbunden, wie könnte ich sie in den Tod schicken wollen? Doch auch Euch schwor ich Treue. Was ich auch tue, was ich unterlasse, immer verletze ich Pflicht und Ehre.«

Rüdeger kämpfte in seiner Seele einen schweren Kampf. Aber es gab keinen Ausweg, und er sprach zu König Etzel: »Die Treue, die ich Euch mit meinem Lehenseid geschworen habe, ist unverbrüchlich.«

Und so rüstete sich der Markgraf und zog mit seinen Mannen vor den Saal, entschlossen, König Etzel die Lehenstreue zu halten, entschlossen aber auch, im Kampf mit den Burgunden zu sterben. Als Giselher Rüdeger kommen sah, freute er sich sehr, denn er glaubte, ihre Not hätte nun ein Ende. Volker jedoch ahnte die Wahrheit.

»Ihr hofft vergeblich«, sprach er. »Wo sah man jemals so viele Recken mit festgebundenen Helmen und scharfen Schwertern eine Friedensbotschaft bringen?«

Während Volker noch sprach, trat Rüdeger schon durch die Tür, und ohne ein Wort des Grußes rief er:

»Wehrt euch, ihr Helden aus Burgund! Unsere Freundschaft gilt nicht mehr.«

Erschrocken hörten die Burgunden diese Worte. Sie konnten nicht glauben, daß Rüdeger gekommen war, um gegen sie zu kämpfen, und die Könige erinnerten ihn an alles, was sie miteinander verband.

»Ich kann's nicht ändern«, seufzte Rüdeger, »ich muß gegen euch kämpfen. Ich habe Kriemhild mein Wort gegeben, ihr stets die Treue zu halten, und sie verlangt jetzt, daß ich meinen Schwur halte.«

»Warum wollt Ihr gegen uns kämpfen«, rief Giselher. »Alle hier im Saal sind Euch freundlich gesinnt. Wollt Ihr die Freundschaft, die uns eint, Lügen strafen? Denkt doch auch an Eure Tochter, meine Braut!«

»Laßt sie nicht entgelten, was ich hier tun muß«, bat Rüdeger. »Nehmt sie in Euren Schutz, wenn Ihr je zurückkehrt.«

Und er hob das Schwert, um den Kampf zu beginnen, da rief Hagen ihm zu:
»Wartet noch! Seht meinen Schild, den ich von Eurer Frau als Gastgeschenk erhielt. Die Hunnen haben ihn zerhauen, und er taugt nicht mehr in der Schlacht. Hätte ich einen so guten Schild wie Ihr, dann könnte ich ohne Sorgen wieder in den Kampf gehen.«
»Nehmt meinen Schild«, sprach Rüdeger. »Ich wünschte, Ihr könntet ihn heimbringen ins Burgundenland.«
Tiefbewegt nahm Hagen Rüdegers Schild, und er schwor:
»Niemals werde ich meine Hand gegen Euch in diesem Kampf erheben, solltet Ihr auch alle Burgunden erschlagen.«
Und Volker setzte hinzu: »Da mein Waffenbruder Hagen Euch Frieden gewährt, so will ich dasselbe tun.«
Nun aber begann der Kampf zwischen den Recken aus Bechelaren und Burgund. Seinen Mannen voran stürzte sich Rüdeger in den Streit, und ihre Schwerter wüteten unter den Burgunden. Als Gernot sah, wie viele burgundische Recken von Rüdegers Hand starben, rief er: »Wollt Ihr denn nicht einen Mann von uns verschonen? Jetzt mögt Ihr selbst erfahren, wie scharf das Schwert ist, das Ihr mir geschenkt habt.«
Er warf sich dem Markgrafen entgegen, im gleichen Augenblick aber traf ihn Rüdegers Schwert und versetzte ihm die Todeswunde. Mit letzter Kraft schlug Gernot noch zurück, und zu Tode getroffen sanken beide Helden zugleich zu Boden. Jetzt kannten die Burgunden kein Erbarmen mehr, und erst als der letzte von Rüdegers Mannen erschlagen war, fand der Kampf sein Ende.
Im Burghof standen unterdessen Etzel und Kriemhild und warteten mit Ungeduld auf den Ausgang des Kampfes. Sie konnten sich nicht erklären, warum im Saal plötzlich die Waffen schwiegen.
»Schlecht hält Rüdeger sein Wort«, rief Kriemhild Etzel zu. »Statt uns zu rächen, schließt er Frieden mit unseren Feinden.«

»Leider ist es nicht so, wie Ihr sagt«, entgegnete ihr Volker von der Treppe herab, »und wäret Ihr nicht aus so edlem Geschlecht, würde ich Euch jetzt eine Lügnerin nennen. Rüdeger tat, was König Etzel ihm gebot, und er hielt Euch die Treue bis zum letzten Atemzug, denn tot liegt er mit allen seinen Mannen. Wollt Ihr mir nicht glauben, so seht selbst.« Und sie zeigten Etzel und Kriemhild den toten Markgrafen.

Der Kampf mit Dietrichs Mannen

Die Nachricht von Rüdegers Tod verbreitete sich in Windeseile, und überall in Etzels Burg hörte man lautes Weinen und Klagen. Auch einer von König Dietrichs Mannen vernahm es, eilte zu seinem Herrn und berichtete:
»Noch niemals habe ich so herzzerreißendes Weinen gehört wie eben jetzt. Ich fürchte, die Burgunden haben König Etzel oder Kriemhild erschlagen, anders kann ich mir den maßlosen Kummer der Hunnen nicht erklären.«
Bei dieser Nachricht entstand große Unruhe unter Dietrichs Rekken, und der junge Wolfhart sprach:
»Ich will gehen und fragen, was geschehen ist.«
»Nein«, entgegnete Dietrich sofort, »bleib hier. Ich kenne deine barsche Art, Fragen zu stellen. Du würdest die aufgeregten Gemüter nur unnötig reizen. Helferich soll gehen.«
Es dauerte nicht lange, da kehrte der Bote zurück und brachte die Nachricht von Rüdegers Tod. Dietrich konnte kaum glauben, was Helferich berichtete.
»Wie sollte das geschehen sein? Ich weiß doch, daß die Burgunden Rüdegers Freunde waren.«
Und um Genaueres zu erfahren, sandte er Meister Hildebrand zu

den Burgunden in den Saal. Ohne Schild und Schwert machte der Alte sich gleich auf, da stellte sich ihm Wolfhart in den Weg.
»Wollt Ihr etwa ohne Waffen zu den Burgunden gehen? Sie werden Euch beschimpfen und verlachen. Rüstet Euch, dann werden sie das nicht wagen.«
Meister Hildebrand hörte auf den Rat seines Neffen und bewaffnete sich, und ehe er's verhindern konnte, standen alle Recken Dietrichs gerüstet um ihn.
»Wir begleiten Euch zu den Burgunden«, sprachen sie. »Sieht Hagen uns alle in Waffen, wird er sich hüten, spöttisch mit uns zu reden, wie das sonst seine Art ist.«
Und Hildebrand ließ es zu, daß die Recken ihn begleiteten. Als sie vor den Saal kamen, rief der alte Waffenmeister:
»König Dietrich sendet mich her! Sagt, ist es wahr, daß einer von euch Rüdeger erschlagen hat?«
»Ja«, antwortete Hagen, »Ihr habt recht gehört, wenn ich auch sehr wünschte, daß man Euch belogen hätte und Rüdeger noch lebte.«
Dietrichs Recken begannen laut zu klagen, denn Rüdeger hatte ihnen, seit sie aus Bern vertrieben waren und an Etzels Hof lebten, stets hilfreich und treu zur Seite gestanden.
»So erfüllt uns die Bitte, die uns König Dietrich aufgetragen hat«, sprach Hildebrand mit tränenerstickter Stimme. »Gebt uns den Toten heraus, damit wir ihn ehrenvoll bestatten, denn anders können wir dem edlen Rüdeger nicht mehr danken für das, was er für uns getan hat.«
»Das nenne ich wahre Treue«, antwortete Gunther, »denn kein Dienst ist ehrenvoller als der, den der Freund dem Freunde nach dem Tode noch erweist.«
Gunther war schon gewillt, den Bernern den Leichnam zu übergeben, da rief Wolfhart ungeduldig dazwischen: »Wie lange sollen wir noch hier stehen und betteln!«

Wolfharts herausfordernde Worte ärgerten Volker, und ebenso unwillig antwortete er: »Niemand wird euch den Toten herbringen. Holt ihn euch doch selbst aus dem Hause.«
»Hütet Eure Zunge, Spielmann«, entgegnete Wolfhart gereizt. »Ich würde Euch Euren Spott schon heimzahlen, hätte König Dietrich uns nicht allen Streit mit euch verboten.«
»Habt Ihr etwa Angst, etwas zu tun, was Euch untersagt ist?« höhnte Volker. »Heldenmut kann ich das nicht nennen.«
»Verlangt nicht, meinen Mut kennenzulernen«, rief Wolfhart ergrimmt, »sonst werde ich Euch die Saiten Eurer Fiedel so arg verstimmen, daß Ihr noch zu Hause davon erzählen sollt.«
»Dann kann es aber auch leicht geschehen, daß Euer Helm nicht mehr so glänzend aussieht wie jetzt.«
Wolfhart wollte sich auf den Spielmann stürzen, doch mit fester Hand riß Hildebrand ihn zurück.
»Laßt ihn doch los«, rief Volker von der Stiege herab, »wenn er mir zu nahe kommt, soll ihm das Prahlen schon vergehen.«
Da ließ sich Wolfhart nicht mehr zurückhalten. Blind vor Wut stürzte er die Treppen hinauf, gefolgt von allen Recken. Als Hildebrand sah, daß der Streit nicht mehr zu verhindern war, warf er sich an die Spitze seiner Schar, um sie in den Kampf zu führen. Er überholte Wolfhart noch auf der Treppe und hieb als erster auf die Burgunden ein. Wieder dröhnte der Lärm des Kampfes durch die Halle, und lichter und lichter wurde auf beiden Seiten die Schar der Streiter. Volker starb durch Hildebrands Schwert, Dankwart wurde von Helferich erschlagen, Wolfhart und Giselher gaben sich gegenseitig den Tod. Schließlich lebten von den Burgunden nur noch Gunther und Hagen.
Doch auch Dietrichs Recken lagen alle erschlagen, allein der alte Hildebrand stand noch aufrecht im Saal. Hagen wandte sich ihm zu:

»Nun müßt Ihr zahlen dafür, daß Ihr meinen besten Freund, Volker den Spielmann, erschlagen habt«, sprach er und hieb auf Hildebrand ein. Der wehrte sich, so gut er konnte, aber gegen Balmung, das Schwert, das einst Siegfried gehörte, vermochte er sich nicht zu schützen. Aus einer tiefen Wunde blutend, floh er aus dem Saal.
Blutüberströmt kam Hildebrand bei Dietrich an, und der König fragte besorgt: »Wer hat dir diese Wunden geschlagen? Ich fürchte fast, daß du mit den Burgunden Streit angefangen hast, obwohl ich es streng verbot.«
Und als Hildebrand berichtete, daß Hagen ihn so schwer verwundet hatte, fuhr Dietrich ihn an: »Das kann dir nichts schaden! Warum hast du den Frieden gebrochen, den ich den Burgunden versprach. Wärst du nicht Hildebrand, mein alter Waffenmeister, müßtest du jetzt dein Leben dafür lassen.«
Aber Hildebrand verteidigte sich: »Nicht wir haben den Streit begonnen. Wir wollten Rüdegers Leichnam aus dem Saale tragen, doch die Burgunden haben es nicht zugelassen.«
»So ist es also wirklich wahr, daß Rüdeger tot ist«, fiel Dietrich ihm ins Wort, »eine schlimmere Nachricht hättest du mir nicht bringen können. Niemals werde ich diesen Verlust verschmerzen.« Und entschlossen setzte er hinzu: »Ruf meine Mannen, daß sie sich rüsten, und laß meinen Panzer bringen. Ich will von den Burgunden Sühne fordern.«
Hildebrand antwortete dumpf: »Wer sollte mit Euch gehen zu den Burgunden? Was Ihr an Mannen noch habt, steht vor Euch. Ich bin der einzige, der noch lebt, alle anderen liegen erschlagen im Saal.«
Dietrich konnte das Unerhörte kaum fassen. Wie versteinert stand er und schrie dann auf vor Schmerz. Als ihm aber Hildebrand den Verlauf des Kampfes schilderte und er vernahm, daß auch von

den Burgunden nur noch Gunther und Hagen am Leben waren, faßte er sich. Kampfentschlossen legte er seine Rüstung an, ergriff Schwert und Schild und schritt mit Hildebrand zum Saal der Burgunden.

Das Ende

Hagen sah Dietrich und Hildebrand kommen.
»Dort naht König Dietrich«, sprach er zu Gunther. »Sicher will er mit uns kämpfen und sich für das Leid rächen, das wir ihm zugefügt haben. Aber mag er auch noch so stark sein, ich fürchte ihn nicht.«
Die beiden standen vor dem Saale an die Wand gelehnt, so daß Dietrich und Hildebrand hören konnten, was der Tronjer sagte. Dietrich wandte sich an Gunther: »Nie war ich Euer Feind, König Gunther, und doch habt Ihr mir alle meine Mannen erschlagen. War es denn nicht schon genug, daß Rüdeger durch Euch fiel?«
»Es war nicht unsere Schuld allein, daß Eure Mannen sterben mußten, denn sie kamen bewaffnet«, erwiderte ihm Hagen. »Wahrscheinlich hat man Euch nicht die ganze Wahrheit gesagt.«
»Was soll ich nun noch glauben«, rief Dietrich aus. »Hildebrand sagte mir, daß meine Recken um den toten Rüdeger baten, daß sie aber nichts als Hohn und Spott von euch zur Antwort erhielten.«
»Ich habe ihnen die Bitte verweigert, das ist wahr«, sprach Gunther, »doch wollte ich damit Etzel kränken, nicht Eure Mannen. Wolfhart aber begann uns zu beschimpfen.«
»Wir können es nun nicht mehr ändern«, sprach Dietrich, »doch fordere ich Sühne von Euch, König Gunther. Ergebt euch mir beide als Geiseln, dann will ich dafür sorgen, daß die Hunnen euch in Frieden lassen, und versprechen, euch sicher nach Worms zu geleiten.«

»Noch sind wir nicht besiegt«, entgegnete Hagen. »Freiwillig ergeben wir uns nicht.«
Auch Hildebrand redete Gunther und Hagen zu, sich zu ergeben, doch Hagen antwortete nur höhnisch:
»So kann nur einer reden, der vor dem Feind die Flucht ergreift, wie Ihr es heute getan habt, Meister Hildebrand.«
»Spart Euch Euren Spott oder fangt bei Euch selber an«, entgegnete der Alte gekränkt. »Wer war es denn, der vor dem Wasgenstein auf seinem Schilde saß und tatenlos zusah, wie Walther von Aquitanien ihm die Freunde erschlug?«
Zornig fuhr Dietrich die beiden an: »Zankt euch nicht wie alte Weiber, mich quälen weit größere Sorgen.« Und an Hagen gewandt, fuhr er fort:
»Sagtet Ihr nicht vorhin, als Ihr mich kommen saht, daß Ihr mit mir allein kämpfen wolltet?«
»Das leugne ich nicht. Solange das Nibelungenschwert nicht zerbricht, bin ich zum Kampf bereit«, entgegnete der Tronjer, und schon stürmte er die Treppe herab und versetzte Dietrich einen kräftigen Schwerthieb.
Zäh und verbissen focht er, aber er war doch schon zu ermattet, um gegen Dietrich aufzukommen. Endlich schlug ihm der Berner eine tiefe Wunde. Dietrich aber dachte:
›Wenig Ehre brächte es mir, den erschöpften Helden zu erschlagen. Ich will ihn am Leben lassen und gefangennehmen.‹
Er warf sein Schwert weg, rang Hagen nieder, fesselte ihn und übergab ihn Kriemhild.
»Verschont den Helden, Königin«, bat er, »denn er ist wehrlos und steht gefesselt vor Euch.«
Kriemhild triumphierte, und sie ließ Hagen in den Kerker werfen. Dietrich aber ging zurück zum Saal, wo Gunther schon kampfbereit auf ihn wartete. Noch einmal hallte der Saal wider vom

Klang der Schwerter. All seinen Mut und seine Tapferkeit setzte König Gunther ein, doch Dietrich bezwang ihn ebenso, wie er Hagen bezwungen hatte. Er fesselte Gunther und brachte ihn zu Kriemhild. Wieder bat er, das Leben der Helden zu schonen, und heuchlerisch versprach es Kriemhild. Kaum aber hatte König Dietrich sich entfernt, ließ sie auch Gunther, abgesondert von Hagen, in den Kerker bringen. Dann stieg sie hinab zu Hagen und begann: »Gebt mir den Hort der Nibelungen heraus, dann kommt Ihr vielleicht lebend wieder nach Hause.«
»Eure Worte sind umsonst«, erwiderte Hagen, »ich habe geschworen, den Ort, wo der Schatz ruht, nicht zu verraten, solange noch einer der Burgundenkönige am Leben ist.«
»So will ich ihm ein Ende machen«, sprach Kriemhild entschlossen, ging hinaus und befahl, König Gunther den Kopf abzuschlagen. Sie nahm ihn bei den Haaren und brachte ihn Hagen in den Kerker. Schmerz und Trauer standen Hagen im Gesicht, als er das Haupt seines Königs sah, dann aber sprach er zornig zu Kriemhild:
»Du hast genauso gehandelt, wie ich es mir gedacht habe. Gunther lebt nicht mehr, tot sind auch Gernot und Giselher. Nun weiß nur noch ich allein, wo der Schatz liegt. Du aber, du Unmensch, wirst es niemals erfahren.«
Da fiel Kriemhilds Blick auf das Schwert, das Hagen an der Seite trug. Es war Balmung, Siegfrieds Schwert. In rasender Wut packte sie es mit beiden Händen, riß es aus der Scheide, und mit einem einzigen Streich hieb sie Hagen den Kopf ab.
Starr vor Entsetzen stand König Etzel, der alte Hildebrand aber ergriff sein Schwert, und zornig rief er:
»Das soll ihr schlecht bekommen! Mit eigener Hand will ich den Tod des kühnen Tronjers rächen.«
Angstvoll schrie Kriemhild auf, doch nichts konnte sie mehr

retten. Der alte Waffenmeister schlug zu, und tot sank die Königin zu Boden.
So endete in Leid und Tränen König Etzels Fest.

Aus: *Gretel und Wolfgang Hecht*, Deutsche Heldensagen.
Insel Verlag: Leipzig 1969

Anthologien, Märchen, Sagen

Aladin und die Wunderlampe
Aus dem Arabischen von Enno Littmann. Mit Illustrationen einer französischen Ausgabe von 1865/66. it 199

Ali Baba und die vierzig Räuber
und die Geschichten von den nächtlichen Abenteuern des Kalifen aus 1001 Nacht. Aus dem Arabischen von Enno Littmann. Mit Illustrationen einer französischen Ausgabe von 1865/66. it 163

Hans Christian Andersen. Märchen
Mit Illustrationen von Vilhelm Pedersen und Lorenz Frølich. Aus dem Dänischen von Eva-Maria Bluhm. Drei Bände in Kassette. it 133
– Märchen meines Lebens. Eine Skizze.
Mit Porträts des Dichters. it 356

Clemens Brentano. Das Märchen von Fanferlieschen Schönerfüßchen
Mit acht Radierungen von Max Beckmann. it 341

Das Buch der Liebe
Gedichte und Lieder, ausgewählt von Elisabeth Borchers. it 82

Denkspiele
Polnische Aphorismen des zwanzigsten Jahrhunderts.
Herausgegeben und mit einem Nachwort von Antoni Marianowicz und Ryszard Marek Gronski. Mit Illustrationen von Klaus Ensikat it 76

Deutsche Heldensagen.
Nacherzählt von Gretel und Wolfgang Hecht. it 345

Der Teufel ist tot
Deutsche Märchen vor und nach Grimm
Herausgegeben mit einem Nachwort und Anmerkungen von Ninon Hesse. it 427

Die Erzählungen aus den Tausendundein Nächten
Einleitung von Hugo von Hofmannsthal. Vollständige deutsche Ausgabe in zwölf Bänden. Nach dem arabischen Urtext der Calcuttaer Ausgabe aus dem Jahre 1839. Übertragen von Enno Littmann. Mit farbigen Miniaturen. In farbiger Schmuckkassette. it 224

Anthologien, Märchen, Sagen

Der Familienschatz
Mit Holzschnitten und Zeichnungen von Ludwig Richter. it 34

Gebete der Menschheit
Religiöse Zeugnisse aller Zeiten und Völker. Herausgegeben von Alfonso M. di Nola. Zusammenstellung und Einleitung der deutschen Ausgabe von Ernst Wilhelm Eschmann. it 238

Geschichten aus dem Mittelalter
Herausgegeben von Hermann Hesse. Aus dem Lateinischen übersetzt von Hermann Hesse und J.G.Th. Graesse. it 161

Geschichten der Liebe aus den 1001 Nächten
Aus dem arabischen Urtext übertragen von Enno Littmann. Mit acht farbigen Miniaturen. it 38

Gesta Romanorum. Das älteste Märchen- und Legendenbuch des christlichen Mittelalters
Herausgegeben und eingeleitet von Hermann Hesse. it 316

Jacob und Wilhelm Grimm. Deutsche Sagen
Zwei Bände. it 481

Kinder- und Hausmärchen, gesammelt durch die Brüder Grimm
Mit den Zeichnungen von Otto Ubbelohde und einem Vorwort von Ingeborg Weber-Kellermann. Drei Bände. it 112/113/114

Die großen Detektive
Detektivgeschichten mit Auguste Dupin, Sherlock Holmes und Pater Brown. Herausgegeben und mit einem Nachwort von Werner Berthel. Mit Illustrationen von George Hutchinson. it 101
Die großen Detektive II
Nick Carter, Nat Pinkerton, Sherlock Holmes, Percy Stuart. Herausgegeben von Werner Berthel. it 368

Wilhelm Hauff. Märchen
Zwei Bände. Herausgegeben von Bernhard Zeller. Mit Illustrationen von Theodor Weber, Theodor Hosemann und Ludwig Burger. it 216/217

Anthologien, Märchen, Sagen

Hermann Hesse. Kindheit des Zauberers
Ein autobiographisches Märchen. Handgeschrieben, illustriert und mit einer Nachbemerkung versehen von Peter Weiss. it 67
– Piktors Verwandlungen
Ein Liebesmärchen, vom Autor handgeschrieben und illustriert, mit ausgewählten Gedichten. Nachwort von Volker Michels. it 122

Das kalte Herz. Erzählungen der Romantik
Herausgegeben und illustriert von Manfred Frank. it 330

Märchen der Romantik
Mit zeitgenössischen Illustrationen. Herausgegeben von Maria Dessauer. 2 Bände. it 285

Märchen deutscher Dichter
Ausgewählt von Elisabeth Borchers. it 13

Im magischen Spiegel
Märchen deutscher Dichter aus zwei Jahrhunderten. Erster Band. Herausgegeben von Paul-Wolfgang Wührl. it 347

Liebe Mutter
Eine Sammlung von Elisabeth Borchers. it 230

Lieber Vater
Eine Sammlung von Gottfried Honnefelder. it 231

Das Meisterbuch
Ein Lesebuch deutscher Prosa und Lyrik aus Klassik und Romantik
Herausgegeben von Hermann Hesse. it 310

Merkprosa. Ein Lesebuch
Herausgegeben von Werner Berthel. Mit Vexierbildern aus dem XIX. Jahrhundert. it 283

Johann Karl August Musäus. Rübezahl
Für die Jugend von Christian Morgenstern. Mit Illustrationen von Max Slevogt. it 73

Die Nibelungen
In der Wiedergabe von Franz Keim. Mit den berühmten farbigen Jugendstilillustrationen von Carl Otto Czeschka. Mit einem Vor- und Nachwort von Helmut Brackert. Im Anhang die Nacherzählung »Die Nibelungen« von Gretel und Wolfgang Hecht. it 14

Anthologien, Märchen, Sagen

Das Papageienbuch Tuti-Nameh
Eine Sammlung orientalischer Erzählungen, übersetzt von Georg Rosen. it 424

Johannes Praetorius. Hexen-, Zauber- und Spukgeschichten aus dem Blocksberg
Mit Holzschnitten aus dem 17. Jahrhundert. Herausgegeben von Wolfgang Möhring. it 402

Römische Sagen
Geschichten und Geschichte aus der Frühzeit Roms
Nacherzählt von W. Fietz. it 466

Sagen der Juden
Aus dem Hebräischen von Rahel bin Gorion. Auswahl und Nachbemerkung von Emanuel bin Gorion. it 420

Wolfgang Schadewaldt. Sternsagen
Mit Illustrationen aus dem 18. Jahrhundert. it 234

Gustav Schwab. Die Deutschen Volksbücher
Mit Illustrationen der Ausgabe von 1859. Drei Bände in Kassette. it 380
– Sagen des klassischen Altertums
Mit Zeichnungen von John Flaxman. Nachwort von Manfred Lemmer. Drei Bände in farbiger Kassette. it 127

Die Geschichte von Sindbad dem Seefahrer
sowie von der Messingstadt und von Abu Mohammed dem Faulpelz. Aus dem arabischen Urtext von Enno Littmann. Mit Illustrationen von Gustave Doré u.a. it 90

Vom Essen und Trinken
Zusammengestellt und herausgegeben von Karin Kiwus und Hennig Grunwald. Mit alten Illustrationen. it 293

Das Weihnachtsbuch
Mit alten und neuen Geschichten, Gedichten und Liedern. Ausgewählt von Elisabeth Borchers. Mit vielen Illustrationen. it 46

Das Weihnachtsbuch der Lieder
Mit alten und neuen Liedern zum Singen und Spielen. Ausgewählt von Gottfried Natalis. Mit einem Nachwort von Ernst Klusen. it 157

Anthologien, Märchen, Sagen

Das Weihnachtsbuch für Kinder
Mit Geschichten, Versen und vielen Bildern. Ausgewählt von Elisabeth Borchers. it 156

Die Insel-Weihnachtskassette
Alle Insel-Weihnachtsbücher in einer illustrierten Geschenkkassette

Die Weisheit der Lüge
Von Sulchan-Saba Orbeliani. Georgische Fabeln, Märchen und Gleichnisse. Nachwort Elke Erb. it 81

Wie man lebt und denkt. Ein Lesebuch zum Denken
Herausgegeben von Horst Günther. Mit Kupferstichen von Giovanni Batista Bracelli. it 333

insel taschenbücher
Alphabetisches Verzeichnis